AF185613

Tucholsky Wagner Zola Scott Sydow Freud Schlegel
Turgenev Fonatne Wallace
Twain Walther von der Vogelweide Fouqué Friedrich II. von Preußen
Weber Freiligrath Frey
Fechner Fichte Weiße Rose von Fallersleben Kant Ernst Frommel
Richthofen
Engels Fielding Hölderlin
Fehrs Faber Flaubert Eichendorff Tacitus Dumas
Eliasberg Ebner Eschenbach
Feuerbach Maximilian I. von Habsburg Fock Eliot Zweig
Ewald Vergil
Goethe Elisabeth von Österreich London
Mendelssohn Balzac Shakespeare Ganghofer
Trackl Lichtenberg Rathenau Dostojewski
Stevenson Doyle Gjellerup
Mommsen Tolstoi Hambruch
Thoma Lenz Droste-Hülshoff
Dach Verne von Arnim Hägele Hanrieder Humboldt
Karrillon Reuter Rousseau Hagen Hauff Gautier
Garschin Hauptmann
Damaschke Defoe Hebbel Baudelaire
Descartes
Hegel Kussmaul Herder
Wolfram von Eschenbach Dickens Schopenhauer Rilke George
Bronner Darwin Melville Grimm Jerome
Campe Horváth Aristoteles Bebel Proust
Bismarck Vigny Barlach Voltaire Federer Herodot
Gengenbach Heine
Storm Casanova Tersteegen Gilm Grillparzer Georgy
Chamberlain Lessing Langbein Gryphius
Brentano Lafontaine
Strachwitz Claudius Schiller Kralik Iffland Sokrates
Katharina II. von Rußland Bellamy Schilling
Gerstäcker Raabe Gibbon Tschechow
Löns Hesse Hoffmann Gogol Wilde Vulpius
Luther Heym Hofmannsthal Klee Hölty Morgenstern Gleim
Roth Heyse Klopstock Kleist Goedicke
Luxemburg Puschkin Homer Mörike
La Roche Horaz Musil
Machiavelli Kierkegaard Kraft Kraus
Navarra Aurel Musset
Lamprecht Kind Kirchhoff Hugo Moltke
Nestroy Marie de France
Laotse Ipsen Liebknecht
Nietzsche Nansen
Marx Lassalle Gorki Klett Ringelnatz
von Ossietzky May vom Stein Lawrence Leibniz
Irving
Petalozzi Knigge
Platon Kafka
Sachs Poe Pückler Michelangelo Kock
Liebermann Korolenko
de Sade Praetorius Mistral Zetkin

Der Verlag tradition aus Hamburg veröffentlicht in der Reihe **TREDITION CLASSICS** Werke aus mehr als zwei Jahrtausenden. Diese waren zu einem Großteil vergriffen oder nur noch antiquarisch erhältlich.

Symbolfigur für **TREDITION CLASSICS** ist Johannes Gutenberg (1400 — 1468), der Erfinder des Buchdrucks mit Metalllettern und der Druckerpresse.

Mit der Buchreihe **TREDITION CLASSICS** verfolgt tradition das Ziel, tausende Klassiker der Weltliteratur verschiedener Sprachen wieder als gedruckte Bücher aufzulegen – und das weltweit!

Die Buchreihe dient zur Bewahrung der Literatur und Förderung der Kultur. Sie trägt so dazu bei, dass viele tausend Werke nicht in Vergessenheit geraten.

Aus Hyperion

Henry Wadsworth Longfellow

Impressum

Autor: Henry Wadsworth Longfellow
Übersetzung: Adolf Strodtmann
Umschlagkonzept: toepferschumann, Berlin

Verlag: tradition GmbH, Hamburg
ISBN: 978-3-8424-0902-6
Printed in Germany

Henry Wadsworth Longfellow

Aus »Hyperion«

Interlaken

Sommerszeit

Sie hatten wohl Recht – die alten deutschen Minnesänger – die anmuthige Sommerszeit zu besingen! Welch eine Zeit ist dieß! Wie herrlich prangt der Juni im Kalender! Die Fenster stehen alle weit geöffnet; aber die Jalousien sind geschlossen. Hier und da ergießt sich ein langer Streifen Sonnenschein durch eine Spalte. Man vernimmt das Säuseln des Windes in den Bäumen; und indem er anschwellt und lebhafter wird, hört man die Thüren in der Ferne mit plötzlichem Geräusch zuschlagen. Die Bäume sind schwer von Blättern, und die Gärten prangen voll rother und weißer Blüthen. Die ganze Atmosphäre ist erfüllt mit Wohlgeruch und Sonnenschein. Die Vögel singen. Der Hahn stolzirt umher und kräht vor Uebermuth. Insekten zirpen im Grase. Gelbe Butterblumen schmücken den grünen Teppich der Wiese wie goldene Knöpfe und die rothen Blüthen des Klees wie Rubinen. Birken neigen ihre langen, hangenden Aeste fast auf die Erde. Weiße Wolken segeln in der Höhe, und Dünste überziehen den blauen Himmel mit Silberglanz. Das schimmernde Dörfchen hebt sich in der Ferne ab von den dunkeln Bergen. Durch die Wiese gleitet der Fluß dahin – ohne Sorge, ohne Eile. Er scheint die Gegend zu lieben und beeilt sich nicht, das Meer zu erreichen. Aber die Biene ist um so mehr bei der Arbeit, – die reizbare, ernsthafte Biene. Alles Andere giebt sich dem Spiel hin; sie spielt nie, und sie ist ärgerlich, daß es ein Anderer thun mag.

Die Menschen verlassen die Stadt, um frei zu athmen, um sich glücklich zu fühlen. Sie tragen Blumen in den Händen, Büschel von Apfelblüthen, öfter noch Sträuße spanischen Flieders. O ihr Bürger der volkreichen Stadt, wie thut es euch wohl, die dumpfen Straßen mit dem von Kleeblüthen duftenden freien Feld zu vertauschen! wie erfreulich ist euch die frische Landluft, gemischt mit den Thränen der Wiese! wie erfreulich sind vor Allem die Blumen, – die unzähligen, bunten, schönen Blumen!

Der Tag hat sich geneigt. Durch die Bäume steigt der rothe Mond empor, und die Sterne sind kaum sichtbar. Unter den großen Schatten der Nacht senkt sich Kühle und Thau herab. Ich sitze am offenen Fenster, mich ihrer zu erfreuen, und vernehme nichts als die Stimme des Sommerwindes. Gleich schwarzen Schiffsrumpfen liegen die Schatten der hohen Bäume auf dem wellenförmigen Meere des Grases vor Anker. Ich kann die rothen und blauen Blumen nicht erkennen, aber ich weiß, daß sie da sind. In der Ferne auf der Aue schimmern die Silbersterne. Jetzt erschallen Tritte von Rosseshufen von der hölzernen Brücke; nun ist Alles still, nur der rege Wind der Sommernacht bleibt wach. Manchmal weiß ich nicht, ob es der Wind oder das Brausen des nahen Meeres ist. Die Dorfuhr schlägt, und ich fühle, daß ich nicht allein bin.

Wie anders in der Stadt! Es ist spät, und die Menge hat sich verloren. Du trittst hinaus auf den Altan und wirfst Dich an den Busen der kühlen, thauigen Nacht, als schlügest Du ihr Gewand um Dich. Drunten liegt die öffentliche Promenade mit ihren Bäumen, wie ein grundloser, schwarzer Golf, in dessen schweigendes Dunkel der Geist taucht und dahinfluthet, einen geliebten Geist umfaßt haltend. Die Lampen brennen noch hier und da in der langen Straße. Leute wandeln vorbei, mit gigantischen Schatten, im Dunkel bald kleiner, bald länger werdend und verschwindend, während hinter dem Wanderer ein anderer auftaucht und an ihm vorüberzugehen scheint, wie ein Windmühlenflügel sich drehend. Die Eisenthore des Parks schließen sich mit knarrendem Geräusch. Man hört Fußtritte und laute Stimmen; – Tumult, –trunkenes Geschrei,– Feuerlärm; – dann ist Alles wieder still. Und jetzt ruht endlich die Stadt im Schlaf, und man kann die Nacht sehen. Der verspätete Mond blickt über die Dächer und findet Niemand, der ihn bewillkommnet. Das Mondlicht theilt sich; es liegt zerstreut auf den Plätzen und den Mündungen der Straßen, – winkelig, gleich Blöcken weißen Marmors.

Unter solchen grünen Triumphbogen magst Du, freundlicher Leser, vom Duft der Blumen und vom Gesang der Vögel umgeben, mit mir wandern in das wunderbare Land, wie durch das Elfenbeinthor der Träume! Und wie ein Vorspiel und einen hehren Marsch singt, aus dem Innern der Alpen kommend, eine süße menschliche Stimme eine erhabene Ode, welche das Echo der Alpen in der Ferne wiederholt.

Fußreise

Sprich, o Seele, warum bist du so ruhelos? Warum schaust du mit so brünstigem Verlangen der Zukunft entgegen? Die Gegenwart ist dein, – und die Vergangenheit; – und die Zukunft wird kommen! O daß du der großen Zukunft nur halb so verlangend entgegensähest, wie du eine irdische Zukunft ersehnst, – die höchstens wenige Tage dir bringen werden! der Begegnung mit den Todten, wie der mit den Abwesenden! Du herrliches Geisterland! O könnte ich dich schauen, wie du bist, – das Land des Lebens, des Lichtes und der Liebe, und die Wohnstätte jener Theuren, deren Sein dahinfloß wie ein silberheller Strom in das feierlich brausende Meer – das Meer der Ewigkeit!

Solche Gedanken zogen durch Flemmings Seele, als er einsam und schweigend auf dem Gipfel eines der Berge des Furca-Passes lag und, Thränen in den Augen und glühende Sehnsucht im Herzen, in den blauen, schwimmenden Himmel und zu den Gletschern und Bergspitzen, die ihn umgaben, emporblickte. Am höchsten und glänzendsten unter allen ragte der Gipfel der Jungfrau empor, die, obgleich sie sich in großer Ferne aus dem Schooße des Lauterbrunner Thales erhob, ihm doch nahe zu sein schien. Da stand sie, heilig und hehr und rein, die Braut des Himmels, in weißem Schleier und Gewand, und die Gedanken des Beschauers himmelwärts erhebend. Ach, er ahnte nicht, als er mit Verlangen und Entzücken auf sie blickte, wie bald in seiner Seele eine Gestalt, so heilig und hehr und rein wie diese, auftauchen und gleich ihr himmelwärts deuten sollte!

So lag der Wanderer auf dem Bergesgipfel, die müden Glieder ausruhend auf dem kurzen, braunen Grase, das mehr dem Moose glich. Er hatte seinen Führer fortgeschickt, um allein zu sein. Seine

Seele war von einer wilden, schmerzlichen Freude erfüllt. Die Bergluft regte ihn auf; die Bergeinsamkeit war ihm ein verlockender Genuß, aber sie machte ihn fast wahnsinnig. Jeder Gipfel, jeder scharfe, ausgezackte Gletscher schien ihn zu durchbohren. Das Schweigen war feierlich und erhaben. Es glich dem Schweigen in der Seele eines Sterbenden, wenn er die Laute der Erde nicht mehr vernimmt. Er schien sein irdisches Gewand abzulegen. Der Himmel war ihm nahe; aber zwischen ihm und dem Himmel erhob sich jedes Unrecht, das er begangen, gleich jenen Berggipfeln, und wehte ihn mit eisigem Hauche an. O laß nicht die leidende Seele der Natur ins Antlitz schauen, wo sie majestätisch hoch droben in der Einsamkeit der Berge thront; denn ihr Antlitz ist ernst und streng und erweicht sich nicht zum Erbarmen mit ihrem schwachen, irrenden Kinde. Es ist das Antlitz eines verklagenden Erzengels, der zum Gericht ruft. Im Thale trägt sie die Züge einer jungfräulichen Mutter, die uns anschaut mit thränenvollen Augen und einem Angesicht voll Erbarmen und Liebe.

Erst gestern war Flemming das Thal des St. Gotthardpasses durch Amsteg heraufgekommen, wo der Kerstelenbach von seiner schneeigen Wiege in das Maderaner Thal hinabstürzt. Der Pfad ist steil und führt auf zickzackförmigen Terrassen hin. Die Seiten der Berge sind öde Klippen, und von ihren wolkenumhüllten Gipfeln herab kommen, von dem Rauschen der wilden Wasser, die drunten sich wälzen, übertönt, Ströme schneeweißen Schaumes, gleich den Berggemsen von Fels zu Fels springend. So wie man näher kommt, wird die Scene wilder und öder. Nicht ein Baum,– nicht eine menschliche Wohnung zeigt sich dem Blick. Wolken, schwarz wie die Nacht, senken sich von den Rissen droben hernieder, und der Bergstrom ist nur eine Fläche Rauch und sendet ein unaufhörliches Getöse empor. Eine plötzliche Wendung auf dem Pfade bringt dich einer hohen Brücke gegenüber, die mit einem einzigen Schritt von einer Klippe zur anderen schreitet. Ein gewaltiger Wasserfall heult drunten, gleich einem bösen Geiste, und erfüllt die Luft mit Dampf, und der Bergwind schlägt die Hände zusammen und brüllt durch den Engpaß. Ha! ha! Das ist die Teufelsbrücke. Sie führt den Wanderer über die fürchterlichste Kluft und durch ein langes Felsenthor in die weite grüne, schweigende Aue von Andermatt.

Selbst der sonnige Morgen, der diesem trüben Tag folgte, hatte nicht den verzweifelten Eindruck aus Flemmings Seele gebannt. Seine Aufregung wuchs, je mehr er sich in den Bergen verlor, und jetzt, da er allein auf dem Gipfel des sonnenbeschienenen Berges lag, nur von Gletschern und schneeigen Bergspitzen umgeben, war, wie schon gesagt, seine Seele von einer wilden und schmerzlichen Freude erfüllt.

Die Stimme eines Menschen weckte ihn aus seinen Träumen. Er blickte auf und gewahrte in geringer Entfernung die athletische Gestalt eines Hirten des Gebirgs, der sich seinem Ruheplatz näherte. Es war ein junger Mann in Bauerntracht, einen langen Stab in der Hand haltend. Als Flemming sich erhob, stand jener still und starrte ihn an, als sähe er gern das Gesicht eines Menschen, selbst eines Fremden, und als sehnte er sich, eine menschliche Stimme zu hören, redete sie auch in unbekannter Sprache. Er beantwortete Flemmings Gruß in seinem rauhen Gebirgsdialekt und erwiederte auf seine Fragen:

»Ich hüte mit noch zwei Andern zweihundert Stück Vieh auf diesen Bergen. Die beiden Sommermonate bleiben wir Tag und Nacht hier oben, Jeder von uns erhält einen Napoleon dafür.«

Flemming gab ihm die Hälfte seines Sommerlohnes. Er war erfreut darüber, im Geheimen und so nahe dem Himmel etwas Gutes zu thun. Der Mann nahm es an, wie ein Zolleinnehmer, als käm' es ihm zu, und entfernte sich bald darauf, den Wanderer allein lassend. Und der Wanderer ging den Berg hinab gleich einem Wahnsinnigen. Er blieb nur stehen, um eine glänzende blaue Blume zu pflücken, welche in der weiten Einöde allein blühte und zu ihm ausblickte, als wollte sie sagen: »O nimm mich mit! laß mich nicht hier ohne Gefährten!«

Bald erreichte er den herrlichen Rhonegletscher, einen gefrornen Katarakt von mehr als zweitausend Fuß Höhe und mehreren Meilen Breite am Fuße. Er füllt das ganze Thal zwischen zwei Bergen aus, indem er bis zu deren Spitzen sich emporstreckt. An seinem Fuße ist er wie ein Dom gewölbt und oben gezackt und rauh, und gleicht einer Masse gigantischer Krystalle von blasser smaragdner Färbung, mit Weiß untermengt. Eine Schneekruste bedeckt seine Oberfläche, doch an jeder Kluft und Spalte schimmert das blaßgrüne Eis in der Sonne. Er hat die Gestalt eines Handschuhes, der die Handfläche nach unten kehrt und dessen Finger gekrümmt und an einander geschlossen sind. Er ist ein Panzerhandschuh von Eis, den der Winter, der König dieser Berge, vor Jahrhunderten der Sonne zum Trotz hinwarf; und Jahr für Jahr trachtet die Sonne, ihn auf der Spitze ihres glitzernden Speeres von der Erde emporzuheben. Ein Gefühl der Bewunderung und des Entzückens beschlich die Seele Flemmings, als er ihn erblickte, und laut rief er aus: »Wie wundervoll! wie prächtig!«

Nachdem er einige Stunden in dem kühlen, öden Thale verweilt hatte, erklimmte er am Nachmittag die steile Mayenwand auf dem Grimsel, setzte über den Todtensee mit seinem wie Dinte schwarzen Wasser und ging durch den schmelzenden Schnee und über schlüpfrige Trittsteine im Bett zahlloser seichter Bäche hinab nach dem Grimsel-Hospital. Er blieb die Nacht dort, und es kam ihm vor wie der einsamste, ödeste Ort, an welchem je ein Mensch übernachtete.

Am andern Morgen stand er mit Tagesanbruch auf, und die aufgehende Sonne fand ihn schon an der ländlichen Brücke, welche über den Rand der Wasserfälle der Aar bei Handeck führt, wo sich der Fluß in einen von senkrechten Felsen eingeschlossenen engen, fürchterlichen Abgrund stürzt. In rechten Winkeln mit ihm kommt der schöne Aerlenbach, und auf dem halben Wege vereinigt sich der doppelte Wasserfall zu einem einzigen. So wanderte er das Hasli-Thal hinab in das Berner Oberland,– rastlos, ungeduldig, er wußte nicht warum, selten und nie lange ruhend – und dann wieder vorwärts eilend, wie der dahinstürzende Fluß, dessen Lauf er folgte, und in dessen eiskaltem Wasser er von Zeit zu Zeit die Hände badete, um das in seinem Blut tobende Fieber zu kühlen, denn die Mittagssonne brannte.

Sein Herz ward weiter, wie das Thal sich erweiterte und mit jedem Schritt nun grüner wurde. Der Anblick menschlicher Züge und menschlicher Wohnungen beruhigte ihn, und er schritt durch die Getreidefelder und über die weiten Auen von *Imgrund* mit einem Herzen, das nicht mehr schmerzte, sondern nur bebte, wie die Augenlider nach dem Weinen. Als er den gegenüberliegenden Berg hinaufstieg, der dieses romantische Thal einschließt und wie ein schweres Joch auf den Nacken der Aar drückt, hielt er die alte Sage, daß das Thal einst ein See gewesen, für wahr. Vom Gipfel des Berges blickte er südwärts auf eine schöne Landschaft von Gärten, Kornfeldern, Wäldern und Wiesen und die auf *Meiringen* hinabschauende alte Burg von *Resti*. Und rings um ihn der Gesang der Vögel, und anmuthiger Schatten der dicht belaubten Bäume, und Wasserfälle von den Waldesfelsen stürzend, – nur gesehen, aber nicht gehört, – und die kannelirten, in Nebel sich brechenden und mit vielen von Schaum gebildeten Spitzen und Verzierungen versehenen Säulen, den Thürmen einer umgestürzten gothischen Kirche nicht unähnlich! Dort der Reichenbach, der sich in einem weißen Schaumsturz in seinen tiefen Becher ergießt, in welchen nimmer die Sonne dringt. Von Angesicht zu Angesicht schaut er den von dem gegenüberliegenden Berge stürmenden Alpbach, gleich einem herabstürzenden Rauch. Als Flemming die zahllosen Bäche sah, die den Bergabhang herabrieselten und voll Leben und Fröhlichkeit dahinsprangen, hätte er sie gern in seine Arme geschlossen und sie zu seinen Gespielen gemacht und mit ihnen in ihrer Freiheit und Fröhlichkeit gejubelt. Aber er war von der Wanderung des Tages ermüdet und betrat den von reichbeladenen Kirschbäumen umschlossenen Weiler Meyringen mehr als ein müder Wanderer, denn als ein enthusiastischer Poet. Als er die Stufen des Weinhauses hinauf ging, sprach er in seinem Herzen mit dem Italiener Aretino: »Wer nie in einem Weinhaus war, weiß nicht, was für ein Paradies es ist. O heiliges Weinhaus! o wunderbares Weinhaus! – heilig, denn da ist keine nagende Sorge, kein Ueberdruß, kein Schmerz, und wunderbar, wegen der Bratspieße, welche sich umdrehen! In Wahrheit, alle Höflichkeit und gute Sitte kommt aus Weinhäusern, die voll sind von Verbeugungen und *Signor, si!* und *Signor, no!*«

Doch selbst im Weinhaus konnte er nicht lange bleiben. Noch an demselben Abend mit Sonnenuntergang fuhr er in einem offenen Boot auf dem Brienzer See, dicht unter dem Wasserfall des Gießbachs, bei den ländlichen Klängen des Kuhreigens. Er übernachtete am andern Ende des Sees in einem großen Hause, welches am Ufer lag, gleich dem des heiligen Petrus zu Joppe. Den folgenden Tag verbrachte er damit, daß er Briefe schrieb, seinen Gedanken in der grünen Behausung nachhing und wieder auf dem See fuhr, und am

Abend schritt er über die herrlichen Matten nach Interlaken, wo sich Vieles ereignete und ihn lange zurückhielt.

Interlaken

Interlaken! Wie friedlich liegst du am Ufer der schnell rauschenden Aar, im Schooße der romantischen Aue, von den Armen gigantischer Bäume überschattet! Nur die runden Thürme deines alten Klosters überragen ihre Wipfel, die runden Thürme, die selbst nur ein Spielzeug sind unter den großen Kirchthürmen der Berge. Dicht an deiner Seite sind Seen, welche das fluthende Band des Flusses zusammenknüpft. Vor dir erschließt sich das herrliche Thal von Lauterbrunnen, wo der wolkenverhüllte Mönch und die bleiche Jungfrau wie der heilige Franciskus und seine Schneebraut dastehen, und rings um dich her sind Felder und Obstgärten und grüne Weiler, von denen die Kirchenglocken Abends einander Antwort geben. Die Abendsonne sank, als ich dich zuerst schaute. Die Lebenssonne wird sinken, ehe ich dich vergesse!

Paul Flemming kehrte in einem der ersten Gasthöfe ein. Der Wirth kam ihm entgegen. Er hatte große Augen und einen grünen Rock und erinnerte Flemming an den im »Goldnen Esel« erwähnten Wirth, welcher von einem Zauberer in einen Frosch verwandelt worden war und aus den Hefen eines Weinfasses seine Gäste anquakte. Sein Haus, sagte der Wirth, sei voll, und so sei es mit jedem Hause in Interlaken; wolle aber der Herr eintreten, so würde er ihm ein Zimmer in der Nachbarschaft besorgen.

Auf dem Sopha saß ein Herr, welcher las; ein rüstiger Herr von etwa fünfundvierzig Jahren, rund, mit rothem Gesicht und einem Kopf, der, auf dem Wirbel etwas kahl, einem Krähennest mit einem Ei darin nicht unähnlich sah. Ein gutmüthiges Gesicht wandte sich vom Buche ab, als Flemming eintrat, und eine gutmüthige Stimme rief:

»Ha! ha! Mr. Flemming! Sind Sie es, oder ist es Ihr Geist? Ich sagte Ihnen ja, wir würden uns schon wieder treffen, obgleich Sie Ihrem Reisegefährten auf ewig Lebewohl sagen wollten.«

Mit diesen Worten stand der rüstige Herr auf und schüttelte herzlich Flemmings Hand. Und Flemming erwiederte den Gruß, als er in dem muntern Manne einen frühern Reisegefährten, Mr. Berkley, erkannte, den er vor einigen Wochen verlassen hatte, als er eben den Rigi erstieg. Mr. Berkley war ein reicher Engländer, ein freundlicher, humaner alter Junggeselle, eben so ausgezeichnet durch seinen gesunden Menschenverstand wie durch sein excentrisches Wesen. Die Grundlage seines Charakters war nämlich ein gutes, gesundes Gefühl, nur daß es durch Erziehung unterdrückt und abgeschwächt war; diese solide Grundlage benutzte seine seltsame Laune als Tanzplatz, auf dem sie ihre excentrischen Sprünge zeigen konnte. Seine vorherrschende Leidenschaft war, kalt zu baden, und er frühstückte in der Regel nicht anders, als in einer Tonne kalten Wassers sitzend und eine Zeitung lesend. Er küßte alle Kinder, denen er begegnete, und rief jedem alten Manne im Vorübergehen »Gott grüß' Euch!« mit einem solchen Ausdruck in Stimme und Mienen zu, daß Niemand an seiner Aufrichtigkeit zweifelte. Er erinnerte an Roger Bontemps, oder an den kleinen Mann in Grau, obwohl mit einigem Unterschied.

»Es war in Goldau, als ich das letzte Mal das Vergnügen hatte, Sie zu sehen, Mr. Berkley«, sagte Flemming, »als Sie eben den Rigi besteigen wollten. Ich hoffe, Sie wurden droben durch einen schönen Sonnenaufgang belohnt.«

»Nichts weniger!« erwiederte Mr. Berkley. »Es ist Alles Schwindel! verrückter Schwindel! Sie machten so viel Aufhebens mit ihrem Sonnenaufgang, daß ich beschloß, ihn nicht zu sehen. So blieb ich in meinem Bett liegen und blinzelte nur durch den Fenstervorhang. Da hatte ich genug. Gerade über dem Hause, auf dem Gipfel des Berges, standen einige fünfzig halb angekleidete, romantische, im feuchten Gras zitternde Individuen, und nicht fern von ihnen ein armer Kerl, der auf einem langen hölzernen Horn blies. »Das ist Euer Sonnenaufgang auf dem Rigi, he?« sagte ich und legte mich wieder schlafen. Das Beste, was ich auf dem Kulm sah, war die Bekanntmachung an den Thüren der Schlafzimmer, des Inhalts, daß, wofern die Frauen, wenn sie hinausgingen, um die Sonne aufgehen zu sehen, die Bettdecken als Shawls umbänden, sie das Waschgeld bezahlen müßten. Mein Wort darauf, der Rigi ist ein grandioser Schwindel!«

»Wo sind Sie seither gewesen?«

»In Zürich und Schaffhausen. Wenn Sie nach Zürich reisen, so hüten Sie sich, im Raben einzukehren. Man wird Sie dort prellen. Mich hat man geprellt, aber ich rächte mich; denn als wir nach Schaffhausen kamen, schrieb ich in das Fremdenbuch:

> Nimm dich in Acht vor dem Raben von Zürch,
> Garstig ist er und voller Tücken,
> Wagst du dich in sein lärmend Nest,
> Hackt er dich wund an Brust und Rücken.

Wenn Sie in den Goldnen Falken gehen, werden Sie diese Zeilen dort finden. Ich bin der Verfasser derselben.«

»Bitter wie Wermuth!« rief Flemming.

»Keineswegs bitter«, erwiederte Mr. Berkley. Nur wahr, vollkommen wahr. Gehen Sie in den Raben und überzeugen Sie sich. Aber dieses Interlaken! Dieses Interlaken! Es ist der anmuthigste Ort auf dem Erdenrund«, fuhr er fort, beide Arme ausstreckend, als ob er den Gegenstand seiner Zuneigung umarmen wollte. »Dort, – sehen Sie nur dorthin!«

Er deutete auf das Fenster. Flemming blickte hinaus und schaute eine Scene von außerordentlicher Schönheit. Die Ebene war schon von dem braunen Schatten der Sommerdämmerung bedeckt. Von den Dächern der Hütten in Unterseen erhob sich hier und da eine dünne Rauchsäule über die Wipfel der Bäume und verschmolz mit dem Schatten des Abends. Das Thal von Lauterbrunnen war von dichtem blauen Nebel erfüllt. Hoch oben in dem klaren, unbewölkten Himmel röthete sich die weiße Stirn der Jungfrau bei dem letzten Kuß der scheidenden Sonne. Es war eine herrliche Verklärung der Natur! Und als die Glocken des Dorfes zu läuten begannen und eine einzelne Stimme in der Ferne ein Lied jodelte, da ward der Zauber einer Scene, der Schweigen angemessener war als Töne, eher gebrochen, als erhöht.

Lange Zeit blickten sie in die dunkle Gegend, ohne zu sprechen. Endlich kamen Leute, legten Shawls und Hüte ab und wechselten einige Worte mit Berkley. Flemming kannte Niemand von ihnen. Das Gespräch drehte sich um verschiedene Ausflüge des Tages. Einige waren am Staubbach gewesen, Andere auf dem Grindelwald, noch Andere am Thuner See, und Niemand hatte vorher nur die Hälfte des Entzückens genossen, das ihm heute zu Theil geworden. Und so saßen sie in der Dämmerung, wie man beim Scheiden eines Sommertages gern thut. Noch waren die Lampen nicht angezündet, und man konnte die Gesichter nicht unterscheiden, sondern nur Stimmen und Gestalten, gleich Schatten.

Da trat eine schwarz gekleidete weibliche Gestalt in das Zimmer und setzte sich an das Fenster. Sie hörte mehr auf die Unterhaltung, als daß sie sich darein mischte, aber die wenigen Worte, die sie sagte, wurden mit so wohlklingender, seelenvoller Stimme gesprochen, daß sie Flemmings Seele wie ein vom Himmel kommendes Flüstern bewegte.

O wie wunderbar ist die menschliche Stimme! Sie ist in der That das Organ der Seele! Der Verstand des Menschen thront sichtbar auf seiner Stirn und in seinem Auge, und das Herz des Menschen steht auf seinen Zügen geschrieben. Aber die Seele offenbart sich nur in der Stimme, wie Gott vor Alters sich dem Propheten in der ruhigen, leisen Stimme und in einer Stimme aus dem brennenden Busch offenbarte. Die Seele des Menschen ist hörbar, nicht sichtbar. Nur ein Laut verräth das Sprudeln der ewigen Quelle, die für den Menschen nicht sichtbar ist!

Flemming hätte gern stundenlang dagesessen und dem Ton jener unbekannten Stimme gelauscht. Er war im Innersten überzeugt, daß das Wesen, von welchem der Ton kam, schön war. Seine Phantasie füllte die leichten Umrisse aus, welche das Auge in dem schwindenden Dämmerlicht gewahrte, und die Gestalt, die sich vor seiner Seele erhob, glich Rafaels Madonna in der Dresdener Gallerie. Er hatte sich in seinem Leben nie mehr getäuscht. Die Stimme gehörte zwar einem schönen Wesen an, aber die Schönheit desselben war von der einer Madonna, welche Rafael gemalt, verschieden, wie er gesehen haben würde, hätte er gewartet, bis die Lampen angezündet wurden. Doch mitten in seinem Träumen und seiner Heiligenmalerei trat der Wirth ein und theilte ihm mit, er habe ein Zimmer für ihn gefunden, und bat ihn, es anzusehen.

Flemming empfahl sich und ging. Berkley begleitete ihn, um zu sehen, wie er sagte, in was für einem Nest sein junger Freund schlafen solle.

»Das Zimmer ist nicht so, wie ich es wohl wünschte«, sagte der Wirth, als er sie über die Straße führte. »Es befindet sich in dem alten Kloster. Aber morgen, oder in den nächsten Tagen können Sie ohne Zweifel ein Zimmer im Hause bekommen.«

Das Wort Kloster regte Flemmings Phantasie freudig an. Er war Eule genug, um Ruinen und alte Gemächer zu lieben, wo Nonnen oder Mönche geschlafen hatten. Und er sprach zu Berkley:

»Sie hören also, mein Nest soll in einem Kloster sein. Es erinnert mich an ein Vogelnest, das ich einst auf einem alten Thurm des Heidelberger Schlosses sah, es war in den Rachen eines Löwen gebaut, der früher als Wasserrinne gedient hatte. Aber sagen Sie mir, wer war die junge Dame mit der sanften Stimme?«

»Was für eine junge Dame mit der sanften Stimme?«

»Die junge schwarzgekleidete Dame, welche am Fenster saß.«

»O, das ist die Tochter eines englischen Offiziers, der vor Kurzem in Neapel starb. Sie bringt hier mit ihrer Mutter den Sommer zu.«

»Wie heißt sie?«

»Ashburton.«

»Ist sie schön?«

»Nicht schön, aber sehr verständig. Eine Dame von Genie, sollte ich sagen.«

Sie waren jetzt bei den Mauern des Klosters angelangt und gingen unter einem gewölbten Thorweg und dicht unter den runden Thürmen, welche Flemming schon gesehen hatte, und die mit ihren kegelförmigen Dächern die Bäume überragten, gleich schlanken Wachskerzen mit den Lichthütchen darauf.

»Es ist nicht so schlecht, wie es aussieht«, sagte der Wirth, indem er an eine kleine Thür im Hauptgebäude klopfte. »Der Amtmann wohnt in einem Theile des Gebäudes.«

Eine Magd mit einem Licht in der Hand öffnete die Thür und führte Flemming und Berkley in das gemiethete Zimmer. Es war ein geräumiges Gemach auf dem untern Flur, mit Fichtenholz getäfelt und nicht gemalt. Drei hohe, schmale Fenster, mit kleinen Scheiben und mit Blei ausgelegt, gingen nach Süden auf das Thal von Lauterbrunnen und die Berge. In einem Winkel stand ein großes, viereckiges Bett mit einem Betthimmel und bunten Vorhängen, in einem andern ein ungeheurer, fast an die Decke reichender Ofen mit gemalten Ziegeln. Ein altes Sopha, einige altmodische Stühle mit hohen Lehnen und ein Tisch vervollständigten die Einrichtung des Zimmers.

So nahm Flemming von seiner mönchischen Zelle und Schlafstätte Besitz. Er bestellte Thee und fing an sich heimisch zu fühlen. Berkley blieb den Abend bei ihm. Als er endlich fortging, sagte er:

»Gute Nacht! Ich übergebe Sie dem Schutze der Jungfrau und aller Heiligen. Wenn Ihnen der Geist eines alten Mönchs mit seinem Gebetbuch erscheinen sollte, so grüßen Sie ihn von mir. Wäre ich jünger, so sollten Sie sicherlich einen Geist sehen. Gute Nacht!«

Nachdem er sich entfernt hatte, öffnete Flemming eines der Fenster. Der Mond war aufgegangen und versilberte die dunklen Umrisse der nächsten Berge, während in der Ferne die Schneegipfel der Jungfrau und des Silberhorns wie eine weiße Wolke am Himmel erglänzten. Dicht unter dem Fenster lag ein Blumengarten, und die Sommernacht wehte ihn mit thauigem Wohlgeruch an. Eine wohlthuende Stille herrschte um den Ort. Er pries den glücklichen Zufall, der ihm eine solche Wohnung verschafft, und sank in Schlaf, indem er an die Nonnen dachte, die vor Zeiten in derselben stillen Zelle schliefen; doch weder eine verschleierte Nonne, noch ein Mönch mit Kapuze erschien ihm in seinen Träumen, – nicht einmal das Antlitz Mary Ashburtons; auch ihre Stimme hörte er nicht.

Der Abend- und der Morgenstern

Der alte Froissart erzählt in seiner Chronik, daß König Eduard, als er die Gräfin von Salisbury an ihrem Schloßthor erblickte, nie zuvor eine so edle und schöne Dame gesehen zu haben glaubte; sein Herz ward sogleich von einer Flamme zarter Liebe erfaßt, die lange andauerte; er glaubte, keine Dame in der Welt verdiene mehr geliebt zu werden als sie. Eben so dachte Paul Flemming, als er die englische Dame in dem schönen Licht eines Sommermorgens erblickte. Ich will die Wahrheit nicht verhehlen; sie ist meine Heldin; und ich gedenke sie mit vieler Wahrheit und in ihrer ganzen Schönheit zu schildern, so daß sich Alle in sie verlieben werden, und ich unter Allen am meisten.

Mary Ashburton stand in ihrem zwanzigsten Sommer. Gleich der schönen Jungfrau Amoret war sie in der Blüthe der Weiblichkeit. Die, welche sagten, sie sei nicht schön, thaten ihr Unrecht, und doch

> Sie war nicht reizend,
> Noch schön, o dieses Wort spricht es nicht aus;
> Doch ach! ihr Blick war von so eignem Zauber,
> Daß mir der Name fehlt.

In ihrem Gesicht lag ein wunderbarer Zauber. Es war so ruhig, und das Licht der aufgehenden Seele leuchtete so friedlich hindurch. Bisweilen trug es einen Ausdruck des Ernstes, ja des Kummers, und dann verlieh es der Miene jenen Glanz, den die italienischen Dichter so schön das *lampeggiar dell' angelico riso*, – das Leuchten des engelischen Lächelns, nennen.

Und diese Augen, – diese tiefen unbeschreiblichen Augen, mit niedergeschlagenen Augenlidern voller Träume und Schlummer, und darin kaltes, lebendiges Licht, wie am Abend in Bergseen, oder in dem Fluß des Paradieses, der immer gleitet

> – – mit einem braunen, braunen Sturz
> Unter den ew'gen Schatten, welcher nie
> Den Strahl der Sonne, noch des Mondes einläßt.

Mir mißfällt ein Auge, das wie ein Stern funkelt. Ich finde nur jene schön, welche, den Planeten gleich, ein festes, strahlendes Licht haben, welche leuchten, aber nicht funkeln. Solche Augen gaben die Griechen den Unsterblichen.

Die Gestalt der Dame war imponirend. Jeder Schritt, jede Stellung war anmuthig, und doch würdevoll, wie von der Seele im Innern eingegeben. In der alten poetischen Philosophie haben Engel solche Gestalten; es war die in den Zügen ausgeprägte Seele selbst. Und was für eine Seele war es, die sie besaß! Ein dem Himmel geweihter Tempel, und wie das Pantheon zu Rom nur von oben erleuchtet! Das waren keine irdischen Leidenschaften mehr in Form von Göttern, es waren die milden, tiefsinnigen Züge Christi, der jungfräulichen Mutter und der Heiligen. Es war kein Widerstreit in ihr, sondern vollkommene Harmonie der Gestalt, des Gesichts und des Gemüths, – mit Einem Worte, des ganzen Wesens. Und wer eine Seele hatte, die ihrige zu verstehen, der mußte sie lieben, und hatte er *sie* einmal geliebt, dann konnte er kein anderes Weib mehr lieben.

Kein Wunder also, daß Flemming sein Herz zu ihr hingezogen fühlte, als sie auf ihrem Morgenspaziergang an ihm vorüberging, der allein unter den großen Wallnußbäumen bei dem Kloster saß und an den Himmel dachte, doch nicht an sie. Auch sie war allein. Ihre Wange war nicht mehr bleich, sondern glühte und strahlte unter der Einwirkung der Sommerluft. Flemming blickte ihr nach, bis sie verschwand, gleich einer Vision seiner Träume, er wußte nicht wohin. Er war noch nicht von Liebe gefesselt, aber er war nahe daran, denn er sagte Gott Lob und Preis, daß er so schöne Wesen geschaffen, auf Erden zu wandeln.

Die vorige Nacht hatte er eine Stimme gehört, welcher seine Seele antwortete, und er wäre gern seines Weges weiter gezogen und hätte nicht mehr darauf geachtet. Aber er hatte diese Stimme wohl gehört, so oft er in der Folge an diesen Abend zu Interlaken dachte. Heute hatte er die Vision deutlicher gesehen, und seine erregte Seele ward ruhiger. Der Ort dünkte ihm wonnevoll, und er vermochte nicht zu gehen. Er fragte sich nicht, woher diese Ruhe kam. Er fühlte sie, und war in dem Gefühl glücklich, und pries die Landschaft und den Sommermorgen, als besäßen sie die wunderwirkende Kraft.

»Ein süßer Morgentraum!« sprach eine freundliche Stimme, und in demselben Augenblick legte Jemand seine Hand auf Flemmings Schulter. Es war Berkley. Ungesehen und ungehört hatte er sich genähert.

»Ich sehe an dem Lächeln auf Ihrem Gesicht«, fuhr er fort, »daß es kein Tagalp ist.«

»Sie haben Recht«, erwiederte Flemming. »Es war ein süßer Traum, den Sie verscheuchten.«

»Und ich freue mich zu sehen, daß Sie auch die trüben Gedanken verscheucht haben, welche Sie so oft beschlichen. Ich sehe die Menschen gern heiter und glücklich. Weßhalb soll man sich in dieser schönen Welt dem Trübsinn hingeben?«

»O, diese schöne Welt!« sprach Flemming lächelnd. »Ich weiß wahrhaftig nicht, was ich davon denken soll. Manchmal ist Alles Fröhlichkeit und Sonnenschein, und der Himmel selbst nicht fern. Und dann ändert es sich plötzlich, und ist düster und sorgenvoll, und Wolken verhüllen den Himmel. Die Unglücklichsten von uns haben in ihrem Leben heitere Tage wie dieser, wo es uns vorkommt, als könnten wir die weite Welt in unsern Armen halten. Dann kommen die trüben Stunden, wo das Feuer weder auf unserm Herd, noch in unserm Herzen brennen will, und innen und außen Alles traurig, kalt und dunkel ist. Glauben Sie mir, jedes Herz hat seinen geheimen Kummer, den die Welt nicht kennt, und oft nennen wir einen Menschen kalt, während er nur traurig ist.«

»Und wer sagt, wir thun es nicht?« unterbrach ihn Berkley. »Kommen Sie, kommen Sie! Lassen Sie uns zum Frühstück gehen. Die Morgenluft hat mir gewaltigen Appetit gemacht. Ich sehne mich, über einem frischen Ei mein Dankgebet zu sprechen und mit meinen ärgsten Feinden Salz zu essen, nämlich mit den Zieraffen im Hotel. Nach dem Frühstück müssen Sie mir ganz angehören. Ich werde Sie mit nach dem Grindelwald nehmen.«

»Heute frühstücken Sie also nicht wie Diogenes, sondern willigen ein, Ihre Tonne zu verlassen?«

»Allerdings, um das Vergnügen Ihrer Gesellschaft zu genießen. Ich werde auch das Licht in meiner Laterne ausblasen, da ich Sie gefunden habe.«

»Ich danke Ihnen.«

Das Frühstück wurde ohne einen außerordentlichen Zwischenfall eingenommen. Flemming sah nach jedem eintretenden Gaste; aber sie kam nicht, – sie, die er vor allen Gästen am meisten zu sehen wünschte.

»Und nun nach dem Grindelwald!« sagte Berkley.

»Warum so eilig? Wir haben den ganzen Tag vor uns. Da ist Zeit genug.«

»Ich versichere Ihnen, es ist kein Augenblick zu verlieren. Der Wagen steht vor der Thür.«

Sie fuhren das Thal von Lauterbrunnen hinauf und wandten sich östlich zwischen die Berge des Grindelwaldes. Dort brachten sie den Tag zu, halb erfroren von dem eisigen Hauch des Großen Gletschers, auf dessen Oberfläche Pyramiden und Blöcke von Eis stehen, gleich Grabsteinen eines Kirchhofs. Für Flemming war es ein langweiliger Tag. Er sehnte sich zurück nach Interlaken und war froh, als er endlich gegen Abend die Klosterthürme mit den kegelförmigen Dächern wieder über die Wallnußbäume emporragen sah.

Jener Abend steht mit rothen Schriftzeichen in seiner Geschichte aufgezeichnet. Er brachte ihm eine neue Offenbarung der Schönheit und Vortrefflichkeit des weiblichen Charakters und Verstandes, zwar nicht völlig neu für ihn, doch jetzt erneut und bekräftigt. Diese Offenbarung kam von den Lippen Mary Ashburtons. Ihre Gestalt erschien am Firmament seiner Seele gleich dem zitternden Abendstern. Er unterhielt sich mit ihr, und mit ihr allein, und wußte nicht, wann er gehen sollte. Alle Andern schienen für ihn nicht da zu sein. Er sah ihre Gestalten, doch nur wie die Gestalten lebloser Gegenstände. Endlich kam ihre Mutter, und Flemming erkannte in ihr nur eine zweite Mary Ashburton von gereifterer Schönheit; – dieselbe Stirn, dieselben Augen, dieselbe majestätische Gestalt, und noch keine Spur des Alters. Er blickte auf sie mit einem Wohlgefallen, in das sich eine heilige Scheu mischte. Sie war ihm der prächtige, glühende Abend, auf dessen Schooß der zitternde Stern stammte.

Berkley nahm an der Unterhaltung keinen Antheil, sondern that etwas Zweckmäßigeres, – er traf nämlich Vorbereitungen zu einer für den folgenden Tag beabsichtigten Spazierfahrt mit Ashburtons, und lud natürlich Flemming dazu ein, der an diesem Abend mit einem Glorienschein um das Haupt nach Hause ging und ganz betreten war über einen Stutzer, der an der Thür des Gasthauses stand und, als Flemming vorbeiging, eben zu seinem Gefährten sagte:

»Wie nennen Sie diesen Ort? Ich bin schon zwei Stunden hier und finde ihn verteufelt langweilig!«

Ein Regentag

Als Flemming am andern Morgen erwachte, gewahrte er, daß der Himmel bedeckt war. Von den Gipfeln der Berge herab hing ein Nebelschleier, dessen schwere Falten im Thale hin und her wogten. Ueber die ganze Landschaft verbreitete sich der milde Sommerregen. An solchem Tage konnten keine bewundernden Augen den Staubbach betrachten.

Ein Regentag in der Schweiz thut vielen Zerstreuungen plötzlichen Einhalt. Der Kutscher mag zum Gasthof und dann zurück zum Stall fahren; aber weiter nicht. Der sonnverbrannte Führer mag an der Thür des Bierhauses sitzen und grüßen; und der Fährmann mag nach Belieben pfeifen und die Wolken verwünschen; – deßhalb rührt sich doch kein Fuß, kein Reisender regt sich, wenn er Zeit hat zu warten. Der Regentag giebt ihm Zeit zum Nachdenken. Er hat jetzt Muße, sich der empfangenen Eindrücke bewußt zu werden, und er rechnet mit den Bergen ab. Er denkt auch daran, daß er in der Heimat Freunde hat, und vervollständigt sein Taschenbuch, das er eine Woche lang oder darüber, und schreibt Briefe, die er noch länger vernachlässigt hat; oder er vollendet die Bleistiftskizze, die er gestern unter freiem Himmel angefangen hat. Im Ganzen ist er, – wenn auch getäuscht, doch keineswegs traurig darüber, daß es regnet.

Flemming war beides, traurig und getäuscht; aber trotzdem ging er zur bestimmten Stunde zu Ashburtons hinüber. Sie saßen im Besuchszimmer. Die Mutter las, die Tochter überarbeitete eine Zeichnung des Thuner Sees. Nach den gewöhnlichen Begrüßungen setzte sich Flemming in die Nähe der Tochter und sagte:

»Mich dünkt, wir werden heute keinen Staubbach haben; nur diesen Gießbach aus den Wolken.«

»Nichts Anderes, vermuthe ich. Wir müssen uns daher darein finden, zu Hause zu bleiben und dem Tonfall des Regens, der vom Dache rinnt, zu lauschen. Es gewährt mir Zeit, einige angefangene Skizzen zu beenden.«

»Ein angenehmer Zeitvertreib«, entgegnete Flemming; »und ich sehe, Sie sind sehr geübt. Es freut mich, wahrzunehmen, daß Sie eine gerade Linie ziehen können. Ich sah noch nie das Skizzenbuch einer Dame, in welchem nicht alle Thürme ein bischen dem schiefen Thurm von Pisa glichen. Ich zittere immer für die kleinen Menschen darunter.«

»Wie thöricht!« rief Mary Ashburton mit einem Lächeln, das wie ein Sonnenstrahl durch den Nebel von Flemmings Gedanken zog. »Mir gelingen gerade Linien viel besser als alle andern. Hier habe ich schon eine halbe Stunde lang versucht, dieses Wasserrad rund zu machen, und es will nicht rund werden.«

»Dann lassen Sie es, wie es ist. Es ist ungemein pittoresk und kann als eine neue Erfindung gelten.«

Die Dame fuhr fort zu zeichnen, und Flemming ihr schönes Gesicht zu betrachten, indem er oft die Verse aus Marlows Faust bei sich recitirte:

O du bist schöner als der Abendstern,
In tausendfachen Sternenglanz gekleidet.

Er hätte sich gewiß dem mütterlichen Auge der Mrs. Ashburton verrathen, wäre sie nicht in die Thorheiten eines Moderomans ganz vertieft gewesen. Die schöne Zeichnerin pausirte jetzt einen Augenblick, und Flemming nahm ihr Skizzenbuch und durchblätterte es von Anfang durch mit immer steigender Freude, die er nur halb auszudrücken wagte, obwohl er hie und da Bemerkungen machte und zuweilen sogar in Bewunderung ausbrach.

»Welch eine schöne Skizze von Murten und dem Schlachtfeld! Wie ruhig die Landschaft dort am See nach der Schlacht schlummert! Haben Sie die Ballade Veit Webers, des Schuhmachers, über diesen Gegenstand gelesen? Er sagt, die besiegten Burgunder sprangen in die See, und die Eidgenossen schossen sie wie wilde Enten im Schilf nieder. Er kämpfte in der Schlacht und schrieb nachher die Ballade:

Der hatte selbst die Hand am Schwert,
Der diesen Reim gemacht,
Bis Abends mäht' er mit dem Schwert,
Des Nachts sang er die Schlacht.

»Bitte, geben Sie mir die ganze Ballade«, sagte Miß Ashburton; »sie wird zur Erläuterung der Skizze dienen.«

»Und die Skizze zur Erläuterung der Ballade. Doch sieh, da gleiten wir schnell die Alpen hinab nach Italien und sind sogar in Rom, wenn ich nicht irre. Das ist sicherlich ein Kopf Homers?«

»Ja«, entgegnete die Dame, von leiser Begeisterung ergriffen. »Erinnern Sie sich nicht der Marmorbüste in Rom? Als ich sie zuerst sah, erfüllte sie mich ganz mit Ehrfurcht. Das ist nicht das Antlitz eines Menschen, sondern eines Gottes!«

»Und Sie haben ihr in Ihrer Kopie Gerechtigkeit widerfahren lassen«, sagte Flemming, von ihrem Enthusiasmus mit ergriffen. »Mit welch klassischer Anmuth die um die majestätische Stirn gewundene Binde seine wallenden, mit dem Bart sich mischenden Locken umschließt! Auch dies Angesicht ist ruhig, majestätisch, gottähnlich! Sogar die starren, blinden Augäpfel thun dem Bild des Sehers keinen Abbruch! Ja, so waren die Augen des blinden Greises von Chios. Sie scheinen mit düsterm Ernst in die geheimnißvolle Zukunft zu blicken, und die Marmorlippen die prophetische Stelle in der Hymne auf den Apollo zu wiederholen: »Laß mich auch hoffen, daß man in künftigen Jahrhunderten meiner gedenkt. Und wenn ein von den Menschengeschlechtern Geborner, ein müder Wanderer, hierher kommt und fragt, wer der lieblichste der Sänger ist, die zu euren Festen kommen, und welchen ihr am liebsten hört, so antwortet für mich: Es ist der blinde Mann, der auf Chios wohnt; seine Lieder übertreffen alle, die je gesungen worden!« Glauben Sie aber wirklich, daß dieß ein Porträt Homers ist?«

»Gewiß nicht! Es ist nur der Traum eines Künstlers. So erschien ihm Homer in seinen Visionen der antiken Welt. Sie wissen, Jeder macht sich in seiner Phantasie ein Bild von Personen und Dingen, die er nie gesehen; und der Künstler reproducirt sie in Marmor oder auf der Leinwand.«

»Und wie ist das Bild in Ihrer Phantasie? Gleicht es diesem?«

»Nicht ganz. Ich schöpfte meine Eindrücke aus einer andern Quelle. So oft ich an Homer denke, was nicht gerade oft geschieht, wandelt er vor mir, feierlich und ruhig, wie in der Vision des großen Italieners; in seinen Gesichtszügen weder traurig noch heiter, von andern Barden gefolgt, in der Rechten aber ein Schwert haltend!«

»Diese Auffassung ist schöner als jene«, sagte Flemming; »und ich erkenne sowohl aus Ihren Worten, als aus diesem Buche, daß Sie wahres Gefühl für Kunst haben und wissen, worin sie besteht. Sie haben tiefe Blicke in das Wunderland gethan.«

»Ich hoffe«, entgegnete die Dame bescheiden, »daß mir dieses Gefühl nicht gänzlich abgeht. Sicherlich liebe ich die Kunst ebenso sehr und so leidenschaftlich als die Natur.«

»Fühlen Sie sich aber nicht oft verletzt, wenn Sie Menschen von Kunst und Natur wie von entgegengesetzten und einander widerstreitenden Dingen reden hören? Es giebt wohl kaum einen größeren Irrthum. Die Natur ist die Offenbarung Gottes, die Kunst die Offenbarung des Menschen. In der That bezeichnet die Kunst nichts weiter als dieß. Kunst ist Können, Vermögen. Das ist die ursprüngliche Bedeutung des Wortes. Sie ist das schöpferische Vermögen, durch welches die Seele des Menschen vermittelst einer äußern Kundgebung oder eines äußern Zeichens sich zu erkennen gibt. Wie wir überall die Stimme Gottes hören können, mögen wir in der Schwüle des Mittags im Garten wandeln, oder unter dem Sternenlicht uns ergehen, wo, um mit dem Dichter zu reden, »weite Aussicht von den steilen Hügeln und Höhn sich selbst zur Schau ausstellt«, so hören wir in dem Dämmer- und Sternenlicht vergangener Jahrhunderte die Stimme des Menschen, indem wir unter den Werken seiner Hände, unter den Stadtmauern und Thürmen und Kirchthurmspitzen wandeln, die sich selbst zur Schau ausstellen.«

Die Dame lächelte über den Eifer, mit dem er sprach, und er fuhr fort: »Dieß ist indeß nur ein Gleichniß; und Kunst und Natur sind inniger verbunden, als nur durch Gleichnisse. Kunst ist die Offenbarung des Menschen; und dieß nicht allein, sondern ebenso die Offenbarung der durch den Menschen sprechenden Natur. Die Kunst ist vorher da in der Natur, und die Natur wird in der Kunst reproducirt. Wie die Dünste aus dem Ocean, landwärts wogend und in Regen aufgelöst, in Flüssen zu dem Ocean zurückgeführt werden, so ergießen sich Gedanken und die Aehnlichkeiten der Dinge, welche auf die Seele des Menschen herabträufeln, wieder in lebendigen Strömen der Kunst und verlieren sich in den großen

Ocean, welcher die Natur ist. Kunst und Natur widerstreiten also einander nicht, sondern wirken immer harmonisch auf einander.«

Begeisterung erweckt Begeisterung. Flemming sprach mit so ersichtlichem Interesse an dem Gegenstand, daß Miß Ashburton nicht unterließ, einige Theilnahme an dem, was er sagte, zu bezeigen; und so ermuthigt, fuhr er fort:

»So hat in dieser wunderbaren Welt, in der wir leben, nämlich der Naturwelt, der Mensch eine andere, kaum minder wunderbare Welt geschaffen, nämlich die Kunstwelt. Und sie liegt umschlossen von der andern. Betrachten wir die Kunst von dieser Seite, so, glaube ich, erkennen wir leichter die Geschicklichkeit des Künstlers und den Unterschied zwischen ihm und dem bloßen Dilettanten. Was wir Wunder der Kunst nennen, ist es nicht für den, der sie schuf, denn sie wurden durch die natürlichen Erregungen seiner großen Seele geschaffen. Statuen, Gemälde, Kirchen, Gedichte sind nur Schatten von ihm, – Schatten in Marmor, Farbe, Stein, Worten. Er fühlt und erkennt ihre Schönheit, aber er dachte diese Gedanken und erzeugte diese Dinge so leicht, wie geringere Geister geringere Gedanken und Dinge, vielleicht noch leichter. Durch die Seele wogende schwankende Bilder und Gestalten der Schönheit, die Aehnlichkeiten noch nicht oder schlecht bestimmter Dinge, die nur vollkommen sind, wenn in der Kunst dargestellt, – dieses mögliche Verständniß, wie die Scholastiker es nannten, – theilt der Künstler im Allgemeinen mit uns allen. Kunstdilettanten giebt es viele. Aber das thätige Verständniß, das schöpferische Vermögen, – das Vermögen, diese Gestalten und Bilder in der Kunst darzustellen, das Unbestimmte zu verkörpern und zu vervollkommnen, – das besitzt der wirkliche Künstler allein. Diese Gabe ist nur Wenigen verliehen. Er weiß nicht einmal, woher, noch wie sie kommt. Er weiß nur, daß sie ist; daß Gott ihm das Vermögen verlieh, das den Andern versagt ward.«

»Ich würde gewußt haben, daß Sie ein Deutscher sind«, sagte die Lady, »auch wenn Sie mir es nicht gesagt hätten. Sie schwärmen für die Deutschen. Ich für meine Person kann ihre rauhe Sprache nicht ausstehen.«

»Sie würden sie besser leiden können, wenn Sie sie besser kennten«, erwiederte Flemming. »Mir dünkt sie nicht rauh, sondern heimisch, herzlich und gefühlvoll, – wie der Klang glücklicher Stimmen am Herd in einer Winternacht, wenn der Wind tobt und das Feuer prasselt und zischt und knistert. In der That, ich liebe die Deutschen; die Männer sind so gesund und herzlich, und die Frauen so zart und wahr!«

»Ich denke immer an Männer mit Pfeifen und Bier, und an Frauen mit dem Strickzeug.«

»O, das sind englische Vorurtheile!« rief Flemming. »Nichts kann mehr –«

»Und selbst ihre Literatur stellt sich meiner Seele unter denselben Formen dar.«

»Ich sehe, Sie haben nur englische Kritiken gelesen und meinen, alle deutschen Bücher riechen, wie einer Ihrer englischen Kritiker sagt, »nach Gewürz, nach braunem Papier, gefüllt mit fettem Kuchen und Speckschnitten und Backwerk aus schmutzigen Hinterstuben«; und dieß hält Sie fern von einer herrlichen Welt der Poesie, Romantik und Träume!«

Mary Ashburton lächelte, und Flemming fuhr fort, das Skizzenbuch zu durchblättern, indem er gelegentlich kritisirende und witzige Bemerkungen machte. Endlich stieß er auf ein Blatt, welches mit Bleistift beschrieben war. Leute mit lebhafter Phantasie sind in der Regel neugierig, und immer, wenn sie etwas verliebt sind.

»Hier ist eine Bleistiftskizze«, sagte er mit bittendem Blick, »welche ich gern mit dem Uebrigen prüfen möchte.«

»Sie können es thun, wenn Sie Lust haben; Sie werden aber finden, daß es die ärmlichste Skizze des Buches ist. Ich versuchte einmal das Gemälde eines in Rom lebenden Künstlers zu zeichnen, wie es sich meiner Phantasie darstellte, und das ist das Resultat. Vielleicht, daß es eine angenehme Erinnerung in Ihnen erweckt.«

Flemming wartete nicht länger, sondern las mit den Augen eines Dilettanten, nicht eines Kritikers, folgende Schilderung, welche ihn von Neuem für die Kunst und für Mary Ashburton begeisterte.

»Ich denke oft über des jungen Künstlers Leben in Rom nach. Ein Fremder aus dem kalten, trüben Norden, überschritt er die Alpen und wanderte mit dem frommen Sinn eines Pilgers nach der ewigen

Stadt. Dort wohnt er, denke ich mir, auf dem Pincianischen Hügel, denn dort ist kaum ein Haus, das nicht von Künstlern aus fremden Ländern bewohnt ist. Selbst das Zimmer, welches er bewohnt, ist seit undenklichen Zeiten ihre Wohnstätte gewesen. Die Wände sind mit ihren Namen vollgeschrieben; vielleicht ist noch eine Erinnerung an sie in einer Skizze auf dem Fensterladen mit Unterschrift und Datum zu finden. Diese Dinge heiligen in seiner Phantasie den Ort. Selbst diese Namen, obwohl er sie nicht kennt, bleiben nicht ohne Beziehung in seiner Seele.

»In jenem warmen Lande steht er mit Tagesanbruch auf. Die Dünste der Nacht ziehen schon seewärts über die Campagna. Wie er aus seinem Fenster blickt, gewahrt er über und unter ihren weißen Falten die wogende blaue See bei Ostia. Ueber dem Soracte geht die Sonne auf, – über ihrem eignen geliebten Berg, obgleich dort nicht mehr verehrt wie in alter Zeit. Vor ihm wirft das alterthümliche Haus Claude Lorrains seinen langen braunen Schatten in das Herz des modernen Rom. Noch schläft und schweigt die Stadt. Doch über ihren dunklen Dächern fangen mehr als zweihundert Kirchtürme auf ihren vergoldeten Wetterhähnen den Sonnenschein auf. Sogleich beginnen die Glocken zu läuten, und wie der Künstler ihren lieblichen Klängen lauscht, weiß er, daß in jeder dieser Kirche über dem Hochaltar ein Gemälde von der Hand eines großen Meisters hängt, und die Schönheit desselben stellt sich zwischen ihn und den Himmel, so daß er nicht zu beten, sondern nur zu staunen vermag.

»Unter diesen Kunstwerken verbringt er den Tag, am häufigsten im St. Peter und Vatikan. Wie träumend schreitet er die breite Marmortreppe hinan, – durch den Korridor Chiaramonti, – durch Vorhallen, Gallerien, Gemächer. Alles ist mit Büsten und Statuen angefüllt, oder mit kühnen Fresken gemalt. Welch kräftige, schöne Formen! welch herrliche Schöpfungen des Menschengeistes! und in jenem allerletzten Gemach, allein auf seinem Piedestal stehend, der zu Actium aufgefundene Apollo, – in seiner majestätischen Stellung, – mit seinen edlen Zügen, dem Leben gleich, einem Gott gleich!

»Oder er tritt vielleicht in die Gemächer der Maler, doch nur bis in das zweite. Denn in der Mitte dieses Gemachs ruht ein großes

Gemälde wie unvollendet auf der schweren Staffelei, obwohl der große Künstler es vor mehr als dreihundert Jahren vollendete und dann den Pinsel für immer weglegte, der Welt diesen letzten Segen zurücklassend. Es ist die Verklärung Christi von Rafael. Ein Kind blickt nicht mit größerem Staunen zu den Sternen empor, als der Künstler zu diesem Gemälde. Er weiß, wie viele Jahre des Studiums dieses Gemälde gekostet. Er kennt den schwierigen Pfad, der zur Vollendung führt, da er selbst einige der ersten Schritte auf demselben gethan. So gedenkt er der Stunde, wo jene breite Leinwand zuerst auf ihrem Rahmen ausgespannt ward und Rafael davor stand und die ersten Farben darauf brachte, die Figuren eine nach der andern ins Leben treten sah, und lächelnd, daß es so wohl gelungen, auf das Werk seiner Hände schaute. Er gedenkt auch der Stunde, als nach vollendeter Arbeit der Pinsel der Hand des sterbenden Meisters entsank, als seine Augen sich schlossen, um sich für eine schönere Verklärung zu öffnen, und zuletzt der dahingeschiedene Rafael in seinem Arbeitszimmer lag, vor diesem wunderbaren Gemälde, ruhmvoller als ein Eroberer unter den Bannern und Wappenschildern seines Begräbnisses!

»Meinest du, solche Ansichten und Gedanken bewegten nicht das Herz eines jungen Mannes und Künstlers? Und wenn er hinaustritt unter den freien Himmel, sinkt die Sonne, und die grauen Ruinen einer alten Welt empfangen ihn. Vom Palast der Cäsaren blickt er hinab auf das Forum, oder nach dem Coliseum hin; oder er sieht, wie im Westen der letzte Sonnenschein den ehernen Erzengel streift, welcher auf dem Grabmal Hadrians steht. Er wandelt unter einer in Trümmern liegenden Welt der Kunst. Selbst vor den Lampen der Straße, welche ihm auf seinem Heimweg leuchten, stehen gemalte oder in Stein gehauene Bilder der Madonna. Ist es zu verwundern, wenn Träume sich in seinen Schlaf mischen, – ja wenn sein ganzes Leben ihm als ein Traum erscheint? Ist es zu verwundern, wenn er mit fieberndem Herzen und bebender Hand jene Träume in Marmor oder auf Leinwand darzustellen sucht?«

Thörichter Paul Flemming, der diese kleine Skizze zugleich bewunderte und lobte, und doch zu blind war, um zu sehen, daß sie aus dem Herzen, nicht aus der Phantasie geschrieben war! Thörichter Paul Flemming, welcher glaubte, ein zwanzigjähriges Mädchen könne ohne einen Grund so schreiben! Unmittelbar darauf folgte eine andere Skizze, welche er ebenfalls mit ihrer Erlaubniß las. Sie lautete also:

»Die ganze Periode des Mittelalters kommt mir sehr seltsam vor. Manchmal kann ich mich nicht überreden, daß solche Dinge gewesen sein können, wie die Geschichte uns erzählt; daß eine so seltsame Welt ein Teil der unsrigen war; – daß ein so seltsames Leben ein Theil des Lebens war, welches uns, die wir es jetzt leben, so leidenschaftslos und alltäglich erscheint. Blos wenn ich unter verfallenen Burgen stehe, die so düster auf mich blicken, und die an den Wänden gothischer Gemächer hängende schwere Rüstung alter Ritter schaue, oder wenn ich in den Gängen eines dämmerigen Münsters wandle, dessen Mauern von grauem Alterthum erzählen und dessen Glocken getauft worden, und die ausgeschnitzten eichenen Chorstühle sehe, wo so viele Generationen von Mönchen saßen und sangen, und die Grabstätten, wo sie jetzt still schlafen, um nicht mehr zu ihren Mitternachtspsalmen zu erwachen, – blos dann ist mir die Geschichte des Mittelalters Wirklichkeit, und nicht ein Stück aus einem Roman.

In gleicher Weise besitzen die gemalten Manuskripte jener Jahrhunderte etwas von dieser Macht, die todte Vergangenheit in meinem Geiste zur lebendigen Gegenwart zu gestalten. Welch sonderbare Figuren schmücken das knisternde Pergament, wie seine gelben Blätter in den heitern Farben lachen! Du scheinst ihnen ganz unerwartet zu kommen. Ihre Gesichter tragen den Ausdruck der Verwunderung. Es ist, als wären sie alle eben aus dem Schlafe aufgeschreckt durch das Geräusch, das du machtest, als du die metallenen Haken aufschlossest und die sonderbar geschnitzten eichenen Decken öffnetest, die sich wie die großen Thore einer Stadt in Angeln drehen. Ein fleißiger Mönch lieh dem Bauwerk jener Stadt ein langes Leben. Mit welch seltsamen Bürgern er sie bevölkerte! Adam und Eva unter einem Baume, Aepfel in den Händen;– der Patriarch Abraham, mit einem aus seinem Körper wachsenden Baum, und seine Nachkommen gleich Eulen auf seinen Zweigen sitzend; – Jungfrauen mit wallenden goldenen Locken; geharnischte Ritter mit phantastischen lang zugespitzten Schuhen; Turniere und Ringelrennen, und Minnesänger, und Buhlen, deren Köpfe bis zu den Burgen reichen, wo ihre Damen sind; und Alles so eckig, so naiv, so kindlich, Alles in so einfachen Stellungen, mit so großen Augen und so langen, schlanken Fingern! – Diese Dinge charakterisiren das Mittelalter und überzeugen mich von der Wahrheit der Geschichte.«

In diesem Augenblick trat Berkley mit einem Schweizerhäuschen ein, das er zum Geschenk für ein Kind in England, und mit einem an seinem Ende ein Gemshorn tragenden Rohr, das er zum Geschenk für sich selbst gekauft hatte. Dieß war das erste Mal, daß der Anblick des gutmüthigen Mannes Flemming unlieb war, denn seine Gegenwart unterbrach die angenehme Unterhaltung, welche er mit Mary Ashburton »unter vier Augen« führte. Er kam ihm jetzt langweilig vor, und er wunderte sich, daß es ihm nicht früher aufgefallen war. Auch Mrs. Ashburton legte ihr Buch weg, und die Unterhaltung ward allgemein. Sonderbarer Weise kam die Schweizer Tischzeit um Ein Uhr Flemming nicht einen Augenblick zu früh. Ja, er wünschte nicht einmal, daß sie später sei, denn er kam neben Mary Ashburton zu sitzen, und bei Tische kann man so Vieles sagen, ohne belauscht zu werden.

Nach Tische, und nach der Weise der besten Kritiker

Als der gelehrte Thomas Diafoirus um die schöne Angelica warb, zog er aus seiner Tasche eine midicinische Abhandlung und überreichte sie ihr als die Erstlingsfrucht seines Genius, und lud sie mit Erlaubniß ihres Vaters zu gleicher Zeit ein, der Sektion einer Frau beizuwohnen, worüber er eine Vorlesung halten sollte. Paul Flemming verfuhr ziemlich auf gleiche Weise, und hatte es so oft gethan, daß es ihm zur Gewohnheit geworden. Er brachte beständig ein Stück von einem Liede oder einer Geschichte aus seiner Tasche oder Erinnerung hervor und lud eine schöne Angelica mit oder ohne ihres Vaters Erlaubniß ein, der Sektion eines Schriftstellers beizuwohnen, über den er eine Vorlesung halten wollte. Er gab bald Mary Ashburton Beweise davon.

»Welche Bücher haben wir hier für den Nachmittag zu lesen?« sagte Flemming, ein Buch vom Tisch nehmend, nachdem sie aus dem Speisezimmer zurückgekehrt waren. »Ah, es sind Uhlands Gedichte. Haben Sie etwas davon gelesen? Er und Tieck gelten gewöhnlich für die besten lebenden Dichter Deutschlands. Sie streiten mit einander um die Palme des Vorzugs. Erlauben Sie mir, Ihnen diesen Nachmittag eine Lektion im Deutschen zu geben, Miß Ashburton, und es soll Sie dann Niemand anklagen, »das theure Gut der Zeit verschwendet zu haben, um engelgleich sich zu vergeistigen«. Ich habe zufällig die Ballade vom Schwarzen Ritter aufgeschlagen. Sprechen Sie mir das Deutsche nach, und ich will es Ihnen übersetzen: Pfingsten war, das Fest der Freude! u. s. w.«

»Das ist wirklich eine rührende Ballade«, sagte Miß Ashburton, »allein für diesen traurigen Nachmittag fast zu schrecklich und geisterhaft.«

»Es beginnt ziemlich fröhlich mit dem Pfingstfest und den rothen Fahnen auf der Burg. Dann ist der Kontrast gut angebracht. Der Ritter in schwarzer Rüstung und das Hereinragen des gewaltigen Schattens in den Tag und das Herabfallen der verwelkten Blumen, Alles wird in treffender Weise der Phantasie vorgeführt. Indessen es erzählt selbst seine Geschichte und bedarf keiner Erklärung. Hier ist etwas von andrer Art, obwohl auch melancholisch: »Das Schloß am Meer«. Soll ich es vorlesen?«

»Ja, wenn es Ihnen beliebt.«

Flemming las:

> Hast du das Schloß gesehen,
> Das hohe Schloß am Meer,
> Golden und rosig wehen
> Die Wolken drüber her.

> Es möchte sich niederneigen
> In die spiegelklare Fluth,
> Es möchte streben und steigen
> In der Abendwolken Gluth.

> »Wohl hab' ich es gesehen,
> Das hohe Schloß am Meer,
> Und den Mond darüber stehen
> Und Nebel weit umher.«

> Der Wind und des Meeres Wallen,
> Gaben sie frischen Klang?

Vernahmst du in den Hallen
Saiten und Festgesang?

»Die Winde, die Wogen alle
Lagen in tiefer Ruh,
Einem Klagelied aus der Halle
Hört' ich mit Thränen zu.«

Sahest du oben gehen
Den König und sein Gemahl?
Der rothen Mantel Wehen,
Der goldnen Kronen Strahl?

Führten sie nicht mit Wonne
Eine schöne Jungfrau dar,
Herrlich wie eine Sonne,
Strahlend im goldnen Haar?

»Wohl sah ich die Eltern Beide
Ohne der Kronen Licht,
Im schwarzen Trauerkleide;
Die Jungfrau sah ich nicht.«

»Wie gefällt Ihnen das?«

»Es ist sehr anmuthig und hübsch. Aber Uhland scheint Vieles der Phantasie seines Lesers zu überlassen. Alle seine Leser müssen selbst Dichter sein, sonst werden sie ihn kaum verstehen. Ich verstehe kaum die Stelle, wo er von dem Niederneigen in die spiegelklare Fluth und von dem Streben in die Wolken spricht. Doch vermuthe ich, er will die momentane Illusion bezeichnen, die uns erfaßt, wenn wir einen alten Thurm sich völlig im Meere wiederspiegeln sehen. Wir blicken auf ihn, als wäre er nichts weiter als ein Schatten im Wasser, und doch erhebt sich der wirkliche Thurm fern darüber und scheint in den rothen Abendwolken zu schwimmen. Ist dieß der Sinn?«

»Ich sollte meinen. Für mich ist Alles eine schöne Wolkenlandschaft, was ich begreife und fühle, und was zu erklären mir doch etwas schwer werden dürfte.«

»Und weßhalb muß man immer erklären? Manche Gefühle sind völlig unübersetzbar. Es ist bis jetzt für sie keine Sprache gefunden. Sie leuchten durch die trübe Dämmerung der Phantasie so herrlich auf uns herab und verlieren doch, wenn wir sie uns nahe bringen und sie gegen das Licht der Vernunft halten, mit einem Male ihre Schönheit, wie Johanniswürmchen, welche mit so hehrem Licht in den Abendschatten leuchten, an Orten, wo Lichter angezündet sind, sich nur als Würmer darstellen, gleich so vielen andern.«

»Sehr wahr. Wir sollten manchmal mit dem Gefühl zufrieden sein. Hier ist eine vortreffliche Stelle, welche wohlthuend wirkt, wie der sich herabsenkende Abendschatten, – wie die thauige Kühle des Dämmers nach einem schwülen Tage.

> Ueber diesen Strom, vor Jahren,
> Bin ich einmal schon gefahren.
> Hier die Burg im Abendschimmer,
> Drüben rauscht das Wehr, wie immer.
>
> Und von diesem Kahn umschlossen
> Waren mit mir zween Genossen;
> Ach! ein Freund, ein vatergleicher,
> Und ein junger, hoffnungsreicher.
>
> Jener wirkte still hienieden,
> Und so ist er auch geschieden,
> Dieser brausend vor uns allen,
> Ist in Kampf und Sturm gefallen.
>
> So, wenn ich vergangner Tage,
> Glücklicher, zu denken wage,
> Muß ich stets Genossen missen,
> Theure, die der Tod entrissen.
>
> Doch, was alle Freundschaft bindet,
> Ist, wenn Geist zu Geist sich findet,
> Geistig waren jene Stunden,
> Geistern bin ich noch verbunden. –

Nimm nur, Fährmann, nimm die Miethe,
Die ich gerne dreifach biete,
Zween, die mit mir überfuhren,
Waren geistige Naturen.«

»O, das ist schön, – außerordentlich schön. Und ist Uhland immer
so besänftigend und geistig?«

»Ja, er schaut gewöhnlich in die Geisterwelt. Ich suche da ein
kleines Gedicht auf den Tod eines Landpfarrers, worin er ein rüh-
rendes Gemälde entwirft. Ich kann es jedoch nicht finden. Aber es
thut nichts. Er schildert den Geist des guten alten Mannes, der an
einem hellen Sommermorgen auf die Erde zurückkehrt und mitten
unter dem goldnen Getreide und unter den rothen und blauen
Blumen steht und die Schnitter freundlich grüßt, wie in alter Zeit.
Doch in Uhlands Geist ist nichts Krankhaftes. Er ist immer frisch
und kräftigend, wie ein luftiger Morgen. Hierin unterscheidet er
sich gänzlich von Dichtern wie Salis und Matthisson.«

»Und wer sind diese?«

»Zwei melancholische Herren, denen das Leben nur ein elender
Sumpf war, an dessen Rand sie, mit Cambric-Taschentüchern in
den Händen, schluchzend und seufzend wandelten, und dem Tod
winkten, daß er kommen und sie über den See fahren möge. Und
nun stehen ihre Geister auf den grünen Gefilden deutschen Sanges
wie zwei über ein Grab sich neigende Trauerweiden. Wenn man
ihre Gedichte liest, ist es, als durchwandere man einen Dorfkirchhof
an einem Sommerabend, lese die Inschriften auf den Grabsteinen
und rufe liebliche Bilder der Dahingeschiedenen zurück, während
droben

Ihr Himmelsboten, die ihr unsichtbar
Der Menschheit hingesunkne Blumen hebt,
Und um des Aberglaubens Weihaltar
Im Säuseln hoher Friedensahnung schwebt.«

»Mit welcher Musik diese Zeilen fließen! Sind sie von Matthisson?«

»Ja, und sie fließen in der That mit Musik. Ich wünschte, ich hatte seine Gedichte hier. Ich möchte Ihnen gern seine »Elegie auf ein altes Schloß« vorlesen. Es ist eine Nachahmung von Gray's Elegie. Sind Sie in Baden-Baden gewesen?«

»Ja, vorigen Sommer.«

»Und erinnern Sie sich –«

»Des alten Schlosses? Freilich. Welch herrliche Ruine!«

»Das ist die Scene von Matthissons Gedicht, und scheint den melancholischen Barden zu mehr als gewöhnlicher Begeisterung angeregt zu haben.«

»Ich möchte das Gedicht sehr gern kennen. – Ich erinnere mich mit so vieler Freude an jene alte Ruine.«

»Ich bedaure, daß ich nicht eine Uebersetzung davon für Sie habe. Statt dessen will ich Ihnen ein schönes düstres Gedicht von Salis geben. Es führt den Titel: *Das Lied vom stillen Lande.*

>»Ins stille Land!
>Wer leitet uns hinüber?
>Schon wölkt sich uns der Abendhimmel trüber,
>Und immer trümmervoller wird der Strand,
>Wer leitet uns mit sanfter Hand
>Hinüber! ach! hinüber
>Ins stille Land?
>
>Ins stille Land!
>Zu euch, ihr freien Räume
>Für die Veredlung! zarte Morgenträume
>Der schönen Seelen! künft'gen Daseins Pfand.
>Wer treu des Lebens Kampf bestand,
>Trägt seiner Hoffnung Keime
>Ins stille Land.
>
>Ach Land! ach Land
>Für alle Sturmbedrohten!
>Der mildeste von unsres Schicksals Boten
>Winkt uns, die Fackel umgewandt,

Und leitet uns mit sanfter Hand
Ins Land der großen Todten,
Ins stille Land!

Ist das nicht ein schönes Gedicht?«

Mary Ashburton antwortete nicht. Sie hatte sich abgewandt, um ihre Thränen zu verbergen. Flemming wunderte sich, daß Berkley sagen konnte, sie sei nicht schön. Doch war er dadurch mehr erfreut als verletzt. Er fühlte in diesem Augenblick, wie süß es sein würde, ein Wesen sein zu nennen, das ihm allein schön dünkte, und doch ihm schöner wäre als die ganze übrige Welt! Wie strahlend war ihm die Welt bei diesem Gedanken! Sie glich einem jener Gemälde, in denen alles Licht von dem Antlitz der Jungfrau ausströmt. O es giebt in diesem unsern Leben nichts Heiligeres als das erste Bewußtwerden der Liebe, – das erste Flattern ihrer Silberschwingen, das erste Ertönen und Wehen jenes Sturmes, welcher so bald durch die Seele ziehen soll, zu reinigen oder zu zerstören!

Alle Ueberlieferungen erzählen uns, Kaiser Karl der Große habe seine Edikte mit dem Gefäß seines Schwertes bezeichnet. Der noch größere Kaiser, der Tod, bezeichnet die seinigen mit der Klinge, und mit demselben Streiche werden sie unterzeichnet und vollstreckt. Flemming erhielt an jenem Abend einen Brief aus Heidelberg, welcher ihm berichtete, daß Emma von Ilmenau gestorben sei. Das Geschick des armen Mädchens ging ihm sehr zu Herzen und er sagte zu sich selbst:

»Vater im Himmel! Warum war das Loos dieses schwachen, irrenden Kindes so hart? Was hatte sie verbrochen, daß sie in ihrer Schwachheit so versucht ward und unterging? Warum ließest du es zu, daß ihre zarten Neigungen sie so irre leiteten?«

Und durch das Schweigen der hehren Mitternacht antwortete die Stimme einer Schneelawine von den fernen Bergen und schien zu sagen: »Still! Still! Warum zweifelst du an Gottes Vorsehung?«

Hüte Dich!

Schön ist das Thal von Lauterbrunnen mit seinen grünen Auen und überhangenden Felsen. Das verfallene Schloß von Unspunnen steht wie ein gewappneter Hüter am Thore des bezauberten Landes. Dahinter ragen die Schneegebirge in stiller Ruhe empor. Schöner als der Felsen von Balmarusa, blickt jener finstere Abgrund auf uns, und vom höchsten Abhang schimmert und wogt der weiße Wimpel des Staubbachs in der sonnigen Luft!

Es war nach dem nächtlichen Regen ein heller schöner Morgen. Jeder Thau- und Regentropfen trug einen ganzen Himmel in sich; und so auch das Herz Paul Flemmings, als er mit Mrs. Ashburton und ihrer dunkeläugigen Tochter das Thal von Lauterbrunnen hinauf fuhr.

»Wie schön die Jungfrau diesen Morgen aussieht!« rief er, auf Mary Ashburton blickend.

Sie glaubte, er meine den Berg, und stimmte ihm bei. Er meinte aber auch sie.

»Und die Berge dahinter«, fuhr er fort; »der Mönch und das Silberhorn, das Wetterhorn, das Schreckhorn und das Schwarzhorn, all' jene ehrwürdigen Apostel der Natur, deren Predigten Lawinen sind! Sahen Sie jemals etwas Erhabeneres?«

»O ja! der Montblanc ist erhabener, wenn Sie ihn von den gegenüberliegenden Bergen betrachten. Dort ward ich von der Pracht der Schweizerlandschaft am meisten bewegt. Es war ein Morgen wie dieser, und die Wolken, welche auf ihren gewaltigen, schattigen Fittichen umherschwebten, machten die Sonne nur um so prächtiger. Vor mir lag das ganze Panorama der Alpen; Fichtenwälder standen dunkel und feierlich am Fuße der Berge, und den halben Weg hinauf ein Nebelschleier, über dem sich die schneeigen Gipfel und scharfen Nadeln des Felsens erhoben, welcher gleich einer Feenwelt in der Luft zu schweben schien. Dann standen auf beiden Seiten die Gletscher, durch die Bergklüfte sich hinabwindend; und hoch über alle ragte der weiße, kuppelförmige Gipfel des Montblanc empor. Und dann und wann erscholl von dem Nebelschleier der hehre Ton einer stürzenden Lawine, und ein fortwährendes Brausen, wie das des Windes durch einen Fichtenwald, erfüllte die Luft. Es war das Brausen der Arve und des Aveiron, die von ihren Eisquellen hervorbrachen. Sodann begannen die Nebel fortzuziehen, und es schien, als ob das ganze Firmament sich zusammenrollte. Es rief mir jene erhabene Stelle der Apokalypse ins Gedächtniß:

»Ich sah einen großen weißen Thron, und Ihn, der darauf saß, vor dessen Angesicht Himmel und Erde flohen und keine Stätte fanden!« Ich kann nicht glauben, daß es auf dieser Erde ein herrlicheres Schauspiel giebt!«

»Es muß in der That großartig sein«, entgegnete Flemming. »Und jene gewaltigen Gletscher, – große Ungeheuer mit sich sträubender Mähne, die in das Thal hinabkriechen! denn sie sollen sich in der That bewegen.«

»Ja, der Gedanke daran erfüllte mich mit einem seltsamen Gefühl der Ehrfurcht. Sie kamen mir vor wie die Drachen der nordischen Sage, welche von den Bergen herabkommen und ganze Dörfer verschlingen. Ein Dörfchen im Chamounithale ward einst von seinen Bewohnern verlassen, welche bei der Annäherung des eisigen Drachen von Schrecken erfaßt wurden. Aber ist es möglich, Sie waren noch nie in Chamouni?«

»Nie. Das große Wunder blieb von mir ungesehen.«

»Wie können Sie da so lange hier verweilen? Wäre ich an Ihrer Stelle, ich würde nicht eine Stunde verlieren.«

Diese Worte zogen über die in Flemmings Seele sich erschließenden Blüthen der Hoffnung wie ein kalter Wind über die Blüthen im Frühling. Er ertrug es, so gut er vermochte, und ging auf einen andern Gegenstand über.

Ich gedenke nicht, das Thal von Lauterbrunnen und den dort verbrachten herrlichen Tag zu beschreiben. Ich weiß, daß der freundliche Leser die göttliche Gabe poetischer Phantasie besitzt und von selbst sieht, wie die Berge emporragen, und die Ströme herabfluthen, und das schöne Thal dazwischen liegt, und wie längs der staubigen Straße der Hirt auf dem Horn bläst und Wanderer in Karawanen kommen und gehen, wie Punch und Judy in einer Schaubude. Er weiß bereits, wie romantische Damen romantische Scenen zeichnen, und wie kalte Küche unter dem Schatten von Bäumen schmeckt, und wie die Zeit sticht, wenn man liebt und der geliebte Gegenstand nahe ist. Doch muß ich eines kleinen Vorfalls erwähnen, den seine Phantasie nicht errathen würde.

Flemming saß noch mit den Frauen auf dem grünen Abhang nahe am Staubbach, als ein grün gekleideter junger Mann das Thal herab kam. Es war ein deutscher Handwerker mit blonden Locken, die über die Schultern hingen, und einer Guitarre in der Hand. Sein Schritt war frei und elastisch, und sein Gesicht trug den fröhlichen Ausdruck der Jugend und Gesundheit. Er näherte sich der Gesellschaft mit höflichem Gruß und bat nach der Weise reifender Handwerksburschen mit dem zuversichtlichen Wesen eines Menschen, der an eine Zurückweisung nicht gewöhnt ist, um eine Gabe. Auch ward er in diesem Augenblick nicht zurückgewiesen. Die Gegenwart derer, die wir lieben, macht uns mitfühlend und freigebig. Flemming gab ihm ein Goldstück, und nach einem kurzen Gespräch setzte er sich in einiger Entfernung auf das Gras und begann zu spielen und zu singen. Wunderbar und mannigfaltig waren die sanften Akkorde und die klagenden Töne, welche der junge Mann dem kleinen Instrument entlockte. Da schien jedes Gefühl des menschlichen Herzens einen Ausdruck zu finden und in den Herzen der Hörer ein verwandtes Gefühl wachzurufen. Er sang seltsame deutsche Lieder, so voll Sehnsucht und anmuthiger Trauer, und Hoffnung und Furcht, und leidenschaftlichen Verlangens, und herzbezwingenden Schmerzes, daß in Mary Ashburtons Augen Thränen traten, obwohl sie die Worte, die er sang, nicht verstand. Dann erglühte sein Gesicht vor Siegesfreude, er schlug die Saiten wie eine Trommel und sang:

>»O wie ruft die Trommel so laut!
>Mir zur Seiten in der Schlacht
>Ruft mein Bruder: Gute Nacht!
>Drüben der Kartätschenschuß
>Ruft mit lautem Todesgruß;
>Doch mein Ohr ist zugebaut:
>Denn die Trommel,
>Denn die Trommel, sie ruft so laut!«

Viele Worte des Lobes wurden laut, als der junge Musiker endete; und als er sich zum Abschied erhob, baten sie ihn um noch ein Lied. Hierauf begann er ein munteres Vorspiel und sang, gerade in Flemmings Gesicht blickend, mit einem schalkhaften Lächeln in deutscher Sprache folgendes Lied:

»Ich kenn' ein Mägdlein wunderfein,
Hüt' Du Dich!
Sie kann so falsch und freundlich sein,
O hüte Dich!
Trau' ihr nicht.
Sie spottet Dein!«

»Sie hat zwei Aeuglein sanft und braun:
Hüt' Du Dich!
Die können seitwärts und nieder schaun;
O hüte Dich!
Trau' ihr nicht,
Sie spottet Dein!«

»Sie hat ein feines goldnes Haar;
Hüt' Du Dich!
Und was sie sagt, das ist nicht wahr,
O hüte Dich,
Trau' ihr nicht.
Sie spottet Dein.«

»Weiß wie der Schnee ist ihre Brust;
Hüt' Du Dich!
Sie weiß, wie viel sie zeigen muß,
O hüte Dich!
Trau' ihr nicht,
Sie spottet Dein.«

»Sie giebt Dir einen Blumenkranz;
Hüt' Du Dich!
Ein Narrenkäpplein ist's voll Glanz;
O hüte Dich!
Trau' ihr nicht,
Sie spottet Dein!«

Die letzte Strophe sang er mit lachendem, triumphirendem Tone, welcher den lauten Klang seiner Guitarre wie das spottende Lachen Tyll Eulenspiegels übertönte. Dann warf er seine Guitarre über die Schulter, nahm seine grüne Mütze ab, verbeugte sich vor den Frauen nach Art des Gil Blas, schwenkte die Hand in der Luft und ging schnell das Thal hinab, indem er sang: »Ade! ade! ade!«

Die Quelle der Vergessenheit

Die Macht der Zauberei erzeugte in der Zeit des Mittelalters Ungeheuer, welche dem unglücklichen Zauberer überallhin folgten. Die Macht der Liebe erzeugt zu allen Zeiten Engel, welche nicht minder dem glücklichen oder unglücklichen Liebenden überallhin folgen, selbst in seine Träume. Solch ein Engel erschien jetzt Paul Flemming, er mochte wachen oder schlafen. Er wandelte wie im Traume und war sich kaum der Gegenwart Derer bewußt, die um ihn waren. Ein liebliches Antlitz blickte von jeder Seite jedes Buches, das er las, ihm entgegen: es war das Antlitz Mary Ashburtons; – eine liebliche Stimme sprach in jedem Laute, den er hörte, zu ihm: es war die Stimme Mary Ashburtons! Tag und Nacht folgten auf einander; ihm aber war das Schwinden der Zeit nur wie ein Traum. Wenn er des Morgens aufstand, dachte er nur an sie und wünschte zu wissen, ob sie wohl schon wach wäre; und wenn er sich Abends niederlegte, dachte er nur an sie, und wie sie gleich der Dame Christabel,

> »Entkleidet ihre zarten Glieder,
> Und legte sich voll Anmuth nieder«.

Und den ganzen lieben Tag war er bei ihr, entweder in der Wirklichkeit oder in wachen Träumen, die kaum minder wirklich waren, denn in jeder verzückten Vision seiner wachen Stunden schritt ihre schöne Gestalt vorüber, wie die Gestalt Beatricens durch Dante's Himmel; und wie er am Sommernachmittage dalag und je zuweilen das Säuseln des Windes in den Bäumen und den zum Himmel emporsteigenden Klang der Sabbathsglocken vernahm, stiegen mit ihnen heilige Wünsche und Gebete empor und flehten, daß er nicht vergebens lieben möchte! Und so oft er schweigend und allein in das schweigende, einsame Antlitz der Nacht schaute, gedachte er der begeisterten Worte Plato's: »Siehst Du in die Sterne? Wenn ich der Himmel wäre, mit allen Himmelsaugen blickt' ich auf Dich herab!«

O wie schön ist es zu lieben! Selbst Du, der Du diese Stelle verhöhnest und in kalter Gleichgültigkeit oder Verachtung lachst, wenn Andere bei Dir sind, – auch Du mußt ihre Wahrheit anerkennen, wenn Du allein bist, und bekennen, daß eine thörichte Welt geneigt ist, das öffentlich zu verlachen, was sie insgeheim als einen der höchsten Impulse unseres Wesens verehrt – die Liebe!

Die Gegenstände unserer Zuneigung scheiden einer nach dem andern von uns. Aber unsere Zuneigung bleibt, und gleich Weinreben streckt sie ihre gebrochenen, verwundeten Schößlinge nach einer Stütze aus. Das blutende Herz bedarf eines Balsams, um zu heilen; und es giebt keinen außer der Liebe seines Geschlechts, – keinen außer der Theilnahme eines menschlichen Herzens! So begann die verwundete, gebrochene Liebe Flemmings sich vom Staube zu erheben und sich um diesen neuen Gegenstand zu schlingen. Tage und Wochen vergingen, und gleich dem Studenten Chrysostomus hörte er auf zu lieben, weil er anzubeten begann. Und mit dieser Anbetung vermischte sich das Gebet, daß in der Stunde, wo die Welt ruht, und die lobpreisenden Stimmen verstummt sind, und das Nachdenken uns wie der Dämmer beschleicht, und die Jungfrau in ihren wachen Träumen die Zahl ihrer Freunde zählte, eine Stimme in dem heiligen Schweigen ihrer Gedanken seinen Namen flüstern möchte! –

Eines Morgens saßen sie auf der grünen, blumigen Wiese unter der Ruine der Burg Unspunnen beisammen. Sie zeichnete die Ruine. Die Vögel sangen allesammt, als gäbe es kein Weh des Herzens, keine Sünde und Sorge in der Welt. So regungslos war der helle Abend, daß der Schatten der Bäume auf dem Grase begraben lag. Die fernen Schneegipfel funkelten in der Sonne, und nichts blickte trübe, ausgenommen der viereckige Thurm der alten Ruine über ihnen.

»Wie schade«, sagte die Dame, als sie die müden Finger ruhen ließ, »wie schade, daß sich an diese Ruine keine alte Sage knüpft!«

»Ich will eine erfinden, wenn Sie es wünschen«, entgegnete Flemming.

»Können Sie alte Sagen erfinden?«

»O ja! Ich erfand neulich drei in Bezug auf den Rhein und eine sehr alte über den Schwarzwald. Eine Dame mit fliegenden Haaren, ein Räuber mit einem fürchterlichen, über das Gesicht hereingedrückten Hut, und einen nächtlichen Sturm unter den brausenden Fichten.«

Vortrefflich! Erfinden Sie eine für mich.«

»Mit dem größten Vergnügen. Wo soll die Scene sein? Hier, oder im Schwarzwald?«

»Jedenfalls im Schwarzwald! Fangen Sie an.«

»Ich will die Ruine und den Wald vereinigen. Zuerst aber versprechen Sie, mich nicht zu unterbrechen. Wenn Sie die goldenen Fäden des Gedankens zerreißen, so werden sie wie das Gewebe der Sommerfäden in der Luft fortfliegen, und ich werde sie nicht wieder erfassen können.«

»Ich verspreche es.«

»So vernehmen Sie die Sage von der *Quelle der Vergessenheit.*«

»Fangen Sie an.«

Flemming lehnte sich zu den Füßen der Dame auf den blumigen Rasen, mit träumerischen Augen in ihr holdes Gesicht und dann in die Blätter der Lindenbäume über ihr blickend.

»Holde Jungfrau! erinnerst Du Dich der Linden von Bulach – jener hohen, stattlichen Bäume mit Sammetflaum auf ihren glänzenden Blättern und ländlichen Bänken unter ihrem überhangenden Dach? Eine blüthenreiche Wohnung, ein passender Aufenthalt einer Elfe oder Fee, wo ich Dir zuerst meine Liebe gestand, Du kalte und stattliche Hermione! Ein kleines Bauernmädchen stand in der Nähe und hörte die ganze Zeit über zu, mit Augen voll Verwunderung und Lust und mit einem unbewußten Lächeln, wie der Fremde ernst, doch sanft sprach – Niemand war sonst bei uns in jener Stunde, nur Gott allein und jenes kleine Kind!«

»Wie, es ist in Versen?«

»Nein, nein, der Vers besteht nur in Ihrer Einbildung. Sie versprachen, mich nicht zu unterbrechen, und haben schon die Sommerfäden eines so süßen Traumes zerrissen, wie er nur je von dem Verstande eines Dichters gesponnen ward.«

»Das that sicherlich der Vers!«

»In solche Gedanken vertieft, saß der Student Hieronymus um Mitternacht in einem Gemach dieses alten Thurmes, die Hände gefaltet und auf einem offenen Buche ruhend, in dem er eben gelesen. Sein bleiches Gesicht war emporgehoben und die Pupillen erweitert, als ob die Geisterwelt offen vor ihm läge und eine herrliche Vision vor ihm stände und seine Seele durch die Augen hinauf in den Himmel zöge, – wie die Abendsonne durch sich trennende Sommerwolken hindurch die Nebel der Erde in ihren Busen zu ziehen scheint. O, es war eine herrliche Vision! Ich sehe sie jetzt vor mir!

»Vor dem Studenten stand eine antike bronzene Lampe, auf welcher seltsame Figuren eingegraben waren. Es war eine Zauberlampe, welche einstmals dem arabischen Astrologen El Cheber in Spanien gehört hatte. Ihr Licht war schön wie Sternenlicht, und wie der einsame Mensch Nacht für Nacht allein saß und in diesem einsamen Thurm las, ergoß es sich durch Nebel, Dunkelheit und herabtröpfelnden Regen in die Finsterniß und ward von vielen wachen Augen bemerkt. Für den armen Studenten war es eine Wunderlampe Aladdins; denn in ihren Flammen offenbarte sich ihm eine Gottheit und zeigte ihm Schätze. So oft er ein gewichtiges, altes Buch aufschlug, schien ein Engel ihm die Pforten des Paradieses zu öffnen; und schon kannte man ihn in der Gegend als Hieronymus den Gelehrten.

»Aber ach! er vermochte nicht weiter zu lesen. Der Zauber war gebrochen. Er verbrachte Stunde für Stunde, die Hände vor sich gefaltet und mit den schönen Augen in den leeren Raum starrend. Was konnte die Studien des melancholischen Jünglings so stören? Er liebte! Haben Sie jemals geliebt? Er hatte das Antlitz der schönen Hermione gesehen – und wie, wenn wir gedankenlos in die Sonne geblickt, unsere geblendeten Augen, wenn auch geschlossen, sie noch immer schauen, so schaute er Tag und Nacht ihr strahlendes Bild, auf das er zu unbedacht geblickt hatte. Ach! er war unglücklich, denn die stolze Hermione verschmähte die Liebe eines armen Studenten, dessen einziger Reichthum eine Zauberlampe war. In

Marmorsälen und unter der sie anbetenden fröhlichen Menge hatte sie beinahe vergessen, daß ein solches Wesen wie der Student Hieronymus lebte. Die Anbetung seines Herzens war ihr nur der Duft einer wilden Blume gewesen, die sie im Vorübergehen zertreten hatte. Er aber hatte Alles verloren, denn er hatte die Ruhe seines Gemüths verloren, und seine erschütterte Seele warf nur gebrochene und verzerrte Bilder der Dinge zurück. Die Welt verlachte den armen Studenten, der in seinem fadenscheinigen Rock die Augen zu Hermione zu erheben wagte. Er erinnerte sich an Vieles, das er gern vergessen, und dessen er doch, wenn er es vergessen, sich wieder zu erinnern gewünscht hätte. Dazu gehörten die Linden von Bulach, unter deren lieblichen Schatten er Hermione seine Liebe gestanden. Dies war die Scene, die er am meisten zu vergessen wünschte, an die er sich jedoch am liebsten erinnerte; und von dieser träumte er jetzt, die Hände auf seinem Buch gefaltet und in seinen Gedanken jene Musik, die Sie, Lady, für Verse hielten.

»Plötzlich schlug mit melancholischem Klange die Klosterglocke Zwölf. Sie weckte den Studenten Hieronymus aus seinem Traume und tönte in seine Ohren wie die Eisenhufe der Rosse der Zeit. Die Zauberstunde war gekommen, da die Gottheit der Lampe sich ihrem Geweihten auf das Bereitwilligste offenbarte. Die bronzenen Figuren schienen Leben zu gewinnen; eine weiße Wolke entstieg der Flamme und verbreitete sich durch das Gemach, dessen vier Wände sich zu herrlichen Wolkenansichten erweiterten; ein Duft, wie von wildwachsenden Blumen, erfüllte die Luft, und eine träumerische Musik, gleich fernen, lieblichtönenden Glocken, verkündete das Nahen der mitternächtigen Gottheit. Noch einmal schaute durch seine strömenden Thränen der Student gebrochenen Herzens sie, als sie einen Pfad in den schneeigen Wolkengebirgen herabwandelte, wie am Abend der thauige Hesperus aus dem Innern des Nebels tritt und seine Stellung am Himmel einnimmt. Bei ihrem Nahen ward sein Gemüth ruhiger, denn ihre Gegenwart war seinem fieberhaft bewegten Herzen wie eine Tropennacht, – schön und besänftigend und kräftigend. Endlich stand sie vor ihm in all ihrer Schönheit, und er verstand die sichtbare Sprache ihrer süßen, doch schweigenden Lippen, welche zu sagen schienen: »Was wünschte diese Nacht der Student Hieronymus?« – »Frieden!« antwortete er, die gefalteten Hände erhebend und durch Thränen lächelnd. »Der

Student Hieronymus fleht um Frieden!« – »So geh«, sprach der Geist, »zur Quelle der Vergessenheit in die tiefste Einsamkeit des Schwarzwaldes, und wirf die Rolle in seine Gewässer, und Du wirst noch einmal zu Frieden gelangen.« Hieronymus öffnete seine Arme, die Gottheit zu umarmen, denn ihr Antlitz nahm die Züge Hermionens an; allein sie verschwand. Die Musik endete; das prächtige Wolkenland sank und zerfiel, und der Student war allein in den vier kalten Mauern seines Gemachs. Als er das Haupt sinken ließ, fiel sein Blick auf eine neben der Lampe liegende Pergamentrolle. Auf ihr stand nur der Name Hermione geschrieben!

»Am folgenden Morgen barg Hieronymus die Rolle in seinem Busen und ging seines Weges, die Quelle der Vergessenheit aufzusuchen. In wenig Tagen gelangte er an den Saum des Schwarzwaldes. Nicht ohne ein Gefühl von Furcht betrat er jenes Schattenland und schritt unter melancholischen Fichten und Cedern hin, deren Zweige sich von einander entfernten und mit einander mischten und im Auf- und Niederwogen die Luft mit feierlichem Dämmer und einem Schmerzenslaut erfüllten. Als er weiter in den Wald drang, hing das wogende Moos gleich Vorhängen von den Zweigen herab und verbarg immer mehr das Licht des Himmels, und er wußte, daß die Quelle der Vergessenheit nicht fern war. Da mischte sich der Ton herabstürzender Gewässer mit dem Rauschen der Fichten über ihm; und bald kam er an einen Fluß, der sich in feierlicher Majestät durch den Wald bewegte und mit trägem, dumpfem Ton in einen regungslosen, stillstehenden See fiel, über welchem die Zweige des Waldes sich in einander mischten und eine beständige Nacht bildeten. Das war die Quelle der Vergessenheit.

»An ihrem Rande blieb der Student stehen und starrte festen Blickes in das dunkle Gewässer. Es war klares Wasser, nur vom Schatten verdunkelt. Und wie er hinblickte, gewahrte er weit unten in der schweigenden Tiefe dunkle, unbestimmt begrenzte Umrisse, hin und her wogend, wie die Falten eines weißen Gewandes im Dämmer. Dann zeigten sich deutlichere, dauernde Formen, – Formen, die seiner Seele bekannt waren, deren er aber vergessen und sich wieder erinnert hatte, wie der Bruchstücke eines Traumes, bis er endlich weit, weit unter sich die große Stadt der Vergangenheit erblickte, mit schweigenden Marmorstraßen und moosbewachsenen Mauern und in wogenähnlicher, schwankender Bewegung aufsteigenden Spitzen. Und unter der in jenen Straßen sich drängenden Menge schaute er ihm einst traute und theure Züge und hörte bekümmerte, süße Stimmen singen: »O vergiß uns nicht! vergiß uns nicht!« Und dann vernahm er den fernen, klagenden Ton von Todtenglocken, die unten in der Stadt der Vergangenheit läuteten. In den Gärten jener Stadt aber spielten Kinder, und unter ihnen eines, das seine Züge trug, wie sie in der Kindheit gewesen. Er führte ein kleines Mädchen an der Hand und liebkoste sie oft, und schmückte sie mit Blumen. Dann wechselte die Scene, gleich einem Traum, und der Knabe war älter geworden und stand allein und blickte in den Himmel; und wie er so hinblickte, änderten sich seine Züge abermals, und Hieronymus kam es vor, als wäre es sein eigenes Bild in dem klaren Wasser gewesen; und vor ihm stand eine schöne Jungfrau, deren Gesicht dem Hermionens glich, und er fürchtete, die Rolle wäre in das Wasser gefallen, als er sich darüber beugte. Wie aus einem Traum aufspringend, fuhr er mit der Hand in seinen Busen, und athmete wieder frei, als er die Rolle noch dort fühlte. Er zog sie heraus und las den gesegneten Namen Hermionens, und die Stadt unter ihm verschwand, und die Luft duftete wie vom Hauche der Blumen des Mai, und ein heller Schein strömte durch den schattigen Wald und erglänzte auf dem See. Und der Student Hieronymus preßte den theuren Namen an seine Lippen und rief mit überströmenden Augen: »O spotte, so viel Du willst, dennoch, dennoch will ich Dich lieben; und Dein Name soll das Dunkel meines Lebens erleuchten und die Gewässer der Vergessenheit lächeln lassen!« Und der Name war fortan nicht Hermione, sondern verwandelte sich in Mary; und der Student Hieronymus – liegt zu Ihren Füßen, holdselige Lady!

> Ich hörte Deine Stimme
> Fern wie Gesang; nachdem Du fortgegangen,
> Ward ich vertraut mit meinem Herzen, forschte,
> Was es erregte – Ach! ich fand, es liebte!«

Ein Gespräch auf der Treppe

Nein, ich will jene Scene nicht schildern, und nicht, wie bleich die stattliche Jungfrau auf dem Saume der grünen, sonnigen Wiese saß!

Die Herzen mancher Frauen erzittern wie Blätter bei jedem Hauch der Liebe, der sie erreicht, und sind dann wieder ruhig. Andere werden, gleich dem Ocean, nur durch das Brausen eines Sturmes bewegt und nicht so leicht in Ruhe gewiegt. Und so war das stolze Herz Mary Ashburtons. Es war bei der Gegenwart dieses Fremden unbewegt geblieben, und der Laut seiner Fußtritte und seine Stimme bewirkten in ihm keine Wallung. Er hatte sich getäuscht! Schweigend wanderten sie durch die grüne Wiese heimwärts. Selbst der Sonnenschein war düster, und der Wind, der sich eben erhob und durch die alte Ruine über ihnen strich, erklang in ihren Ohren wie dumpfes Lachen!

Flemming ging unverweilt auf sein Zimmer. Auf dem Wege dahin kam er an den Wallnußbäumen vorüber, unter denen er zuerst das Antlitz Mary Ashburtons erblickt hatte. Unwillkürlich schloß er die Augen. Sie waren voll Thränen. Ach, es giebt in dieser schönen Welt Orte, die wir, so theuer sie uns sein mögen, nie wieder zu sehen wünschen! Die Thürme des alten Franziskanerklosters sahen nie so düster aus als damals, obgleich die helle Sommersonne sie voll beschien.

In seinem Zimmer traf er Berkley. Er sah pfeifend aus dem Fenster.

»Heut Abend verlasse ich Interlaken für immer«, sagte Flemming ziemlich abgebrochen. Berkley starrte ihn an.

»Wahrhaftig? Nun, was giebt's? Sie sehen geisterbleich aus.«

»Und habe guten Grund, bleich auszusehen«, erwiederte Flemming bitter. »Hoffmann sagt in einem seiner Anmerkungsbücher, am elften März just halb neun Uhr sei er ein Esel gewesen. Und das war ich diesen Morgen gerade halb elf Uhr, und ich bin es jetzt und werde es, wie ich vermuthe, immer sein.«

Er versuchte zu lächeln, konnte es aber nicht. Darauf erzählte er Berkley die ganze Geschichte von Anfang bis zu Ende.

»Das ist eine klägliche Geschichte«, rief Berkley, als Flemming geendet hatte. »Sonderbar genug! Und doch wundere ich mich schon längst nicht mehr über Weiberlaunen. Fesselte nicht Pan die keusche Diana? Liebte nicht Titania den Nick Bottom mit seinem Eselskopf? Glauben Sie, daß Mädchenaugen nicht mehr vom Saft des Blümchens »Liebe in Müßiggang« berührt werden? Mein Wort darauf, sie liebt einen Andern. Es muß ein Grund dazu vorhanden sein. Nein, Weiber haben nie einen Grund außer ihrem Willen. Doch achten Sie nicht darauf. Bewahren Sie ein starkes Herz. Kummer macht graue Haare. Und am Ende – was ist sie? Wer ist sie? Nur eine –«

Still! still!« rief Flemming in großer Aufregung. »Nicht ein Wort mehr, ich bitte Sie. Versuchen Sie nicht, mich dadurch zu trösten, daß Sie sie herabsetzen. Sie ist mir noch immer sehr theuer – ein schönes, hochherziges, edles Weib!«

»Ja«, versetzte Berkley, »so seid Ihr jungen Leute alle. Ihr seht ein liebes Gesicht, oder ein Etwas, Ihr wißt nicht was, und die davonflatternde Vernunft sagt Gute Nacht. Leb wohl, gesunder Menschenverstand! Die Phantasie schmückt den geliebten Gegenstand mit tausend vorzüglichen Reizen, stattet ihn mit allem Purpur und feinen Linnen, mit allem reichen Putz und Zubehör menschlicher Natur aus. Ich machte es ebenso, als ich jung war. Ich war einst so verzweifelt verliebt, wie Sie jetzt sind, und litt alle »wonnevollen Tode und tausend unbekannte selige Schmerzen«. Ich betete an, und ward zurückgewiesen. »Sie sind in gewisse Attribute verliebt«, sagte die Dame. »Zum Henker mit Ihren Attributen, Madame«, sagte ich; »ich weiß nichts von Attributen.« »Mein Herr«, sagte sie mit Würde, »Sie haben getrunken.« So trennten wir uns. Sie heirathete später einen Anderen, der etwas von Attributen verstand, wie ich glaube; ich selbst habe sie noch einmal, nur ein einziges Mal gesehen. Sie hatte ein kleines Kind in einem gelben Kleide. Ich hasse ein Kind in einem gelben Kleide. Wie froh bin ich, daß sie mich nicht heirathete! Sie werden nächster Tage froh sein, daß Sie abgewiesen wurden. Mein Wort darauf!«

»Trotz alledem ist mein Loos ein höchst trauriges«, sagte Flemming bekümmert.

»Ach, kümmern Sie sich nicht um das Loos«, rief Berkley lachend, »so lange Sie nicht Lots Weib bekommen. Wenn die Gurke bitter ist, so werfen Sie sie weg, wie der Philosoph Mark Antonin in seinen Betrachtungen sagt. Vergessen Sie sie, und es wird gerade so sein, als hätten Sie sie nicht gekannt.«

»Ich werde sie nie vergessen«, erwiederte Flemming ziemlich ernst. »Nicht mein Stolz, sondern meine Liebe ist verletzt; und die Wunde ist zu tief, als daß sie je heilen könnte. Ich werde sie stets in mir tragen. Ich begebe mich nie wieder in die Welt, sondern werde nur in der Welt meiner Gedanken weilen. Alle großen und ungewöhnlichen Ereignisse, der Freude wie des Schmerzes, erheben uns über die Erde; und wir würden immer Wohl daran thun, diese Erhebung zu wahren. Bisher that ich es nicht. Doch jetzt will ich nicht mehr herabsteigen; ich will mit meinen traurigen, doch heiligen Gedanken fern und über der Welt weilen.«

»Hoho! Sie thäten besser, Sie gingen in Gesellschaft; der Strudel und Aberwitz wird Sie in einer Woche heilen. Wenn Sie ein Mädchen finden, das Ihnen sehr gefällt, und Sie wünschen sie zu heirathen, und sie will von so etwas Schrecklichem nichts hören, so sehe ich nur Ein Mittel, nämlich eine Andere zu finden, die Ihnen besser gefällt und die davon hören will.«

»Nein, mein Freund; Sie verstehen meinen Charakter nicht«, sagte Flemming kopfschüttelnd. »Ich liebe dieses Weib mit tiefer und dauernder Liebe. Ich werde nie aufhören, sie zu lieben. Das mag eine Tollheit sein, aber es ist so. Wehe! und nochmals wehe! Paracelsus verbrachte vor Alters sein Leben mit dem Versuch, das Lebenselixir zu entdecken, das sich endlich als Alkohol herausstellte; und anstatt auf Erden Unsterblichkeit zu erlangen, starb er betrunken auf dem Fußboden eines Wirthshauses. Gleiches widerfährt Vielen von uns. Wir verbringen unsere besten Jahre damit, die süßesten Lebensblüthen zu Liebestränken auszuziehen, die am Ende nicht unsterblich machen, sondern uns nur berauschen. Beim Himmel, wir sind alle toll.«

»Sind Sie aber dessen gewiß, daß der Fall ganz hoffnungslos ist?«

»Ganz! ganz!«

»Und dennoch merke ich, daß Sie nicht alle Hoffnung aufgegeben haben. Sie schmeicheln sich noch immer, der Sinn des Mädchens könne sich ändern. Das große Geheimniß des Glücks besteht nicht im Genießen, sondern im Entsagen. Aber es ist hart, sehr hart. Die Hoffnung hat ein so mannigfaches Leben, wie eine Katze oder ein König. Ich glaube wohl, Sie haben den alten Spruch gehört: »Der König stirbt nie.« Vielleicht haben Sie aber noch nicht gehört, daß am Hofe von Neapel, wenn die Leiche eines Fürsten auf dem Paradebett liegt, sein Mahl ihm wie gewöhnlich gebracht wird, der Leibarzt es kostet, um sich zu überzeugen, daß es nicht vergiftet ist, und die Diener es dann mit den Worten wieder forttragen: »Der König speist heute nicht.« Die Hoffnung in unserer Seele ist ein König, und auch wir sagen: »Der König stirbt nie.« Selbst wenn er wirklich in uns todt ist, bieten wir ihm mit ernstem Spott seine gewohnte Nahrung, müssen aber sagen: »Der König speist heute nicht.« Es muß in der That ein unseliger Tag sein, wenn ein König von Neapel keinen Sinn für sein Mahl hat; aber Sie selbst sind ein Beweis dafür, daß der König nie stirbt. Sie bieten Ihrem König Nahrung, obgleich Sie sagen, er ist todt.«

»Um Ihnen zu zeigen, daß ich nicht die Hoffnung zu nähren wünsche«, entgegnete Flemming, »werde ich morgen früh Interlaken verlassen. Ich gehe nach Tirol.«

»Sie haben Recht«, sagte Berkley; »es ist nichts so gut gegen Kummer, als schnelle Bewegung in freier Luft. Ich werde Sie begleiten, obgleich Ihre Unterhaltung nicht sehr mannigfaltig sein wird; nichts als Eduard und Kunigunde.«

»Was meinen Sie damit?«

»Gehen Sie nach Berlin, und Sie werden es erfahren. Doch Scherz bei Seite, ich will alles Mögliche thun, um Sie aufzuheitern und die schwarze Dame und den widrigen Zufall vergessen zu machen.«

»Zufall!« rief Flemming. »Dies ist kein Zufall, sondern Gottes Vorsehung, welche uns zusammenführte, um mich für meine Sünden zu strafen.«

»O mein Freund«, unterbrach ihn Berkley, »wenn Sie den Finger der Vorsehung so deutlich in jedem Vorfall Ihres Lebens sehen, so werden Sie zuletzt sich für einen Apostel und außerordentlichen Abgesandten halten. Ich sehe in dem, was Ihnen begegnet ist, nicht etwas so gar Ungewöhnliches.«

»Wie? nicht, da unsere Seelen einander so verwandt sind? da wir so für einander geschaffen – so Eins zu sein schienen?«

»Ich habe schon oft bemerkt«, erwiederte Berkley kalt, »daß Diejenigen, welche verwandte Seelen haben, einander selten heirathen;

fast so selten als die, welche durch Blut verwandt sind. Denke deßhalb nicht daran, bethörter Liebhaber, Dich und Deine übermüthige
Dame zu überreden, daß Ihr verwandte Seelen besitzt; vielmehr das
Gegentheil, – daß Ihr einander sehr unähnlich seid, und daß Jedem
die Eigenschaften mangeln, die den Andern am meisten kennzeich-
nen und unterscheiden. Glaube mir, Deine Werbung wird dann
erfolgreicher sein. Doch guten Morgen! Ich muß zu dieser plötzlichen Reise meine Vorbereitungen treffen.«

Am folgenden Morgen machten sich Flemming und Berkley auf
die Fahrt nach Innsbruck, wie Huon von Bordeaux und Scherasmin
nach Babylon. Berkley's selbstübernommene Aufgabe war, seinen
Gefährten zu trösten; und er löste sie wie eine ehemalige spanische
Despenadora, deren Geschäft darin bestand, die Kranken zu pfle-
gen und den Ellbogen auf den Magen der Sterbenden zu legen, um
ihren Todeskampf abzukürzen.

Über tredition

Eigenes Buch veröffentlichen

tredition wurde 2006 in Hamburg gegründet und hat seither mehrere tausend Buchtitel veröffentlicht. Autoren veröffentlichen in wenigen leichten Schritten gedruckte Bücher, e-Books und audio-Books. tredition hat das Ziel, die beste und fairste Veröffentlichungsmöglichkeit für Autoren zu bieten.

tredition wurde mit der Erkenntnis gegründet, dass nur etwa jedes 200. bei Verlagen eingereichte Manuskript veröffentlicht wird. Dabei hat jedes Buch seinen Markt, also seine Leser. tredition sorgt dafür, dass für jedes Buch die Leserschaft auch erreicht wird.

Im einzigartigen Literatur-Netzwerk von tredition bieten zahlreiche Literatur-Partner (das sind Lektoren, Übersetzer, Hörbuchsprecher und Illustratoren) ihre Dienstleistung an, um Manuskripte zu verbessern oder die Vielfalt zu erhöhen. Autoren vereinbaren direkt mit den Literatur-Partnern die Konditionen ihrer Zusammenarbeit und partizipieren gemeinsam am Erfolg des Buches.

Das gesamte Verlagsprogramm von tredition ist bei allen stationären Buchhandlungen und Online-Buchhändlern wie z. B. Amazon erhältlich. e-Books stehen bei den führenden Online-Portalen (z. B. iBookstore von Apple oder Kindle von Amazon) zum Verkauf.

Einfach leicht ein Buch veröffentlichen: **www.tredition.de**

Eigene Buchreihe oder eigenen Verlag gründen

Seit 2009 bietet tredition sein Verlagskonzept auch als sogenanntes "White-Label" an. Das bedeutet, dass andere Unternehmen, Institutionen und Personen risikofrei und unkompliziert selbst zum Herausgeber von Büchern und Buchreihen unter eigener Marke werden können. tredition übernimmt dabei das komplette Herstellungs- und Distributionsrisiko.

Zahlreiche Zeitschriften-, Zeitungs- und Buchverlage, Universitäten, Forschungseinrichtungen u.v.m. nutzen diese Dienstleistung von tredition, um unter eigener Marke ohne Risiko Bücher zu verlegen.

Alle Informationen im Internet: **www.tredition.de/fuer-verlage**

tredition wurde mit mehreren Innovationspreisen ausgezeichnet, u. a. mit dem Webfuture Award und dem Innovationspreis der Buch Digitale.

tredition ist Mitglied im Börsenverein des Deutschen Buchhandels.

Dieses Werk elektronisch lesen

Dieses Werk ist Teil der Gutenberg-DE Edition DVD. Diese enthält das komplette Archiv des Projekt Gutenberg-DE. Die DVD ist im Internet erhältlich auf **http://gutenbergshop.abc.de**

Zeitfracht Medien GmbH
Ferdinand-Jühlke-Straße 7
99095 Erfurt, Deutschland
produktsicherheit@kolibri360.de